U0771203

Judge Dee at Work

1967

大唐狄公狄仁杰

高罗佩

大唐狄公案全译（插图本）

黄禄善—主编

太子棺谜案

Judge Dee
at Work

〔荷〕高罗佩 著

程水英 译

山西出版传媒集团

北岳文艺出版社
BEIYUE LITERATURE & ART PUBLISHING HOUSE

·太原·

图书在版编目（CIP）数据

太子棺谜案 / (荷) 高罗佩著 ; 程水英译 . — 太原:
北岳文艺出版社, 2021.1
 （高罗佩·大唐狄公案全译 : 插图本 / 黄禄善主编）
 ISBN 978-7-5378-6317-9

Ⅰ. ①太… Ⅱ.①高… ②程… Ⅲ.①侦探小说—小
说集—荷兰—现代 Ⅳ.①I563.45

中国版本图书馆 CIP 数据核字（2020）第 224272 号

太子棺谜案

〔荷〕高罗佩 / 著

程水英 / 译

//

策　划

续小强

项目统筹

贾晋仁　庞咏平

责任编辑

庞咏平

装帧设计

萨福書衣坊
SAFU BOOKSTORE
bookd@163.net

印装监制

郭　勇

出版发行 : 山西出版传媒集团·北岳文艺出版社
地址 : 山西省太原市并州南路 57 号
邮编 : 030012
电话 : 0351-5628696（发行部）　0351-5628688（总编室）
传真 : 0351-5628680
经销商 : 新华书店
印刷装订 : 山西人民印刷有限责任公司

开本 : 787×1092　1/32
字数 : 153 千字　印张 : 7.5
版次 : 2021 年 1 月第 1 版
印次 : 2021 年 3 月山西第 1 次印刷
书号 : ISBN 978-7-5378-6317-9
定价 : 38.00 元

导言

一

　　20世纪与21世纪之交，西方通俗文学界一个令人瞩目的现象是历史侦探小说（historical detective fiction）的崛起。当时西方的许多主流媒体，如《纽约时报》《华尔街日报》《泰晤士报》《卫报》等等，连篇累牍地报道历史侦探小说获奖的信息，有关小说的介绍、评论汗牛充栋。这些获奖小说的背景多半设置在一个年代久远的古代，中心情节是破解一个与谋杀有关的案件，作者大都为历史学、考古学等专业的学者，爱好文学创作。譬如保罗·多尔蒂（Paul Doherty, 1946— ），当代英国著名历史学家，20世纪80年代末开始历史侦探小说创作，迄今已出版了八十多部以古希腊、古罗马、古埃及和中世纪英格兰为背景的侦探小说，其中《叛逆的幽灵》（*The Treason of the Ghosts*）被《泰晤士报》列为2000年最佳犯罪小说。又如琳达·罗宾逊（Lynda Robinson, 1951— ），毕业于得克萨斯大学考古专业，擅长中东史和美国史研究。她在丈夫的鼓励下进行历史侦探小说创作，处女作《死神谋杀案》（*Murder in the Place of Anubis*, 1994）一问世即荣登"纽约时报畅销书排行榜"，之后创作的十多本小说也一版再版，畅销不衰。再如加里·科比（Gary Corby,

1963—)，澳大利亚历史侦探小说创作新秀，尽管作品数量不算太多，但已是2008年"柯南·道尔奖"得主，2010年问世的《伯里克利政体》（*The Pericles Commission*）更获"内德·凯利奖"（Ned Kelly Award）。凡此种种，正如《出版人周刊》2010年一篇评论所指出的："过去的十年，历史侦探小说的数量和质量急速发展，以前从未有过如此多的天才作家出版如此多的历史侦探小说，作品涵盖的历史年代和案发地点也从未如此宽泛。"[1]

不过，西方历史侦探小说并非从世纪之交开始。早在1911年，在美国作家梅尔维尔·波斯特（Melville Post, 1869—1930）的短篇小说《上帝的天使》（*The Angel of the Lord*）中，就出现过一个古时的业余侦探"阿布勒大叔"（Uncle Abner）。他生活在古老的弗吉尼亚边疆，是个牧场工人，一个和蔼、睿智的中年人。他凭借《圣经》的道德标准和美国的法律精神破案。之后，《上帝的天使》很快被扩充为拥有二十六个故事的侦探小说集《阿布勒大叔：破案高手》（*Uncle Abner, Master Mysteries*, 1918）。到了1943年，美国作家利莲·托雷（Lilliande la Torre, 1902—1993）发表了以历史人物塞缪尔·约翰逊（*Samuel Johnson*）为主角的短篇小说《英格兰国玺》（*The Great Seal of England*）。之后，她同样将短篇小说扩充为侦探小说集《萨姆博士：约翰逊侦探》（*Dr. Samuel Johnson, Detector*, 1948）。在这之后，西方历史侦探小说进入高速发展的阶段。英国作家阿加莎·克里斯蒂（Agatha Christie, 1890—1976）出版了以古埃及为背景的长篇历史侦探小说《死亡终局》（*Death Comes as the End*, 1944）。美国作家约翰·卡尔（John Carr, 1906—1977）出版了反映拿破仑战争题材的长篇历史侦探小说《狱中新娘》（*The Bride of Newgate*, 1950）。荷兰外交家、汉学家高罗佩（Robert van Gulik, 1910—1967）推

---

[1] Lenny Picker. *Mysteries of History*, Publishers Weekly, March 3, 2010

出了基于中国公案小说传统的系列历史侦探小说"狄公案"（Judge Dee series）。这些单本的、系列的历史侦探小说的问世，为当代西方历史侦探小说的全面崛起做了有益的铺垫，尤其是"狄公案小说"，采用长、中、短三种小说形式，数量多达十六卷，在东、西方均产生了持久的轰动效应，被认为是早期西方历史侦探小说的成功"范例"。①

"狄公案"历史侦探小说的创作发端于1949年高罗佩的译著《狄公断案精粹》（*Celebrated Cases of Judge Dee*）。故事的主角狄公（Judge Dee）在中国历史上实有其人。他名叫狄仁杰，生活在唐朝（618—907）。他一生为官，两次出任宰相，是所谓的青天大老爷。有关他廉洁自律、为民请命、秉公办案的故事很早就在民间流传。到了清朝末年，一位无名氏将这些民间故事整理成长篇公案小说《武则天四大谜案》（亦名《狄公案》或《狄梁公四大谜案》）。高罗佩在中国任外交官期间，对该书产生了浓厚的兴趣。在进行了详细考据之后，他将其中基本符合西方侦探小说传统的前三十回翻译成英文出版。之后，他开始尝试创作以狄公为主角的历史侦探小说《迷宫谜案》（*The Chinese Maze Murders*, 1952）。小说出版后，极为畅销。从此，高罗佩一发不可收拾，先后接受芝加哥大学出版社及其他图书出版公司的稿约，先后创作了十五卷狄公案历史侦探小说。它们是：《铜钟谜案》（*The Chinese Bell Murders*, 1958）、《黄金谜案》（*The Chinese Gold Murders*, 1959）、《湖滨谜案》（*The Chinese Lake Murders*, 1960）、《铁针谜案》（*The Chinese Nail Murders*, 1961）、《红阁子谜案》（*The Red Pavilion*, 1964）、《朝云观谜案》（*The Haunted Monastery*, 1961）、《御珠谜案》（*The Emperor's Pearl*, 1963）、《漆画屏风谜案》（*The Lacquer Screen*, 1962）、《晨猿·暮虎》（*The Monkey and the Tiger*, 1965）、《柳园图

---

① Carl Rollyson. *Critical Survey of Mystery and Detective Fiction*, Revised Edition. Salem Press, INC, printed in USA, 2008, p.1783.

谜案》（*The Willow Pattern*, 1965）、《广州谜案》（*Murder in Canton*, 1966）、《紫云寺谜案》（*The Phantom of the Temple*, 1966）、《太子棺谜案》（*Judge Dee at Work*, 1967）、《项链·葫芦》（*Necklace and Calabash*, 1967）、《黑狐谜案》（*Poets and Murder*, 1968）。这些"谜案"极受读者喜爱，不断再版、重印，直至2014年，还有麦克法兰图书出版公司（McFarland）的新版本出现。

"狄公案小说"的影响又渐渐从美国、英国、加拿大、澳大利亚、新西兰延伸到法国、德国、西班牙、荷兰、瑞典、芬兰、日本和中国。1982年，甘肃人民出版社率先在中国推出了陈来元、胡明翻译的《四漆屏》（*The Lacquer Screen*）。紧接着，中原农民出版社、北方妇女儿童出版社、北岳文艺出版社、中国电影出版社、海南出版社、贵州大学出版社等也各自推出了这样那样的"狄公案"全译本和节译本。与此同时，各种各样的续集、改写本也不断出现。

二

作为早期西方历史侦探小说创作的一个成功范例，"狄公案小说"展示了这一小说类型的诸多特征。首先，作为侦探小说，"狄公案小说"遵循侦探小说之父爱伦·坡（Allan Poe, 1809—1849）的"破案解谜六步曲"，亦即介绍侦探、展示犯罪线索、调查案情、公布调查结果、解释案情发生的原因和经过、罪犯的服输和认罪。其次，作为历史小说，它涵盖了历史小说之父沃尔特·司各特（Walter Scott, 1771—1832）所创立的大部分市场要素，如异国情调、哥特式气氛、英雄主义、骑士精神等等。而且，作者高罗佩本人，也像上面提到的许多当代历史侦探小说的作者一样，是个精通历史、熟悉考古且深谙中国文化艺术的专业人士，所研究的对象是当时并不被看好且有点冷僻的东方文化。

　　高罗佩，1910年8月9日生于荷兰聚特芬（Zutphen）。父亲是名医生，曾先后两次在荷属东印度（Netherland East Indies, 今印度尼西亚）服役。高罗佩随父母侨居在殖民地，在当地学习汉语、爪哇语和马来语，由此对亚洲文化，尤其是中国文化产生了浓厚的兴趣。1923年，父亲退役，高罗佩随父母回到荷兰，定居在奈梅亨（Nijmegen）。1929年，高罗佩从奈梅亨市立中学毕业，入读莱顿大学，主修东方殖民法律、荷属东印度学以及中日语言文学。之后，他又到乌特勒支大学深造，学习现当代中国史以及藏文和梵文，并以论文《马头明王诸说源流考》（Hayagriva, the Mantrayanic Aspect of Horse·cult in China and Japan）获得东方语言学博士学位。高罗佩的语言天赋和专业能力很快得到了认可。1935年，他被荷兰外交部录用为助理翻译，并被派驻东京任荷兰驻日公使馆二等秘书。1941年太平洋战争爆发，高罗佩与其他同盟国的外交人员一起被遣离日本。1943年3月，他从印度加尔各答来到中国重庆，出任荷兰政府驻重庆大使馆一等秘书。其间，他结识了同在大使馆秘书处工作的中国名媛水世芳。两人结为伉俪，先后育有三子一女。战争结束后，高罗佩离开中国回到海牙，出任荷兰外交部政务司远东处处长，一年后又去了美国，任荷兰驻美使馆顾问。1948年，他被任命为荷兰驻日本东京军事代表处顾问。1951年，他离开东京前往新德里，任荷兰驻印度大使馆文化参赞。1953年，他再次被召回荷兰，任外交部中东暨非洲事务司司长。1956年至1959年，高罗佩担任荷兰驻黎巴嫩全权代表。1959年至1962年又担任荷兰驻马来西亚大使。1965年，他作为驻日大使第三次被派驻东京。任上，他被诊断出患了肺癌，不得不返国治病。1967年9月24日，他在海牙辞世，享年五十七岁。

　　因为外交官职业的关系，高罗佩辗转海牙、东京、重庆、南京、华盛顿、新德里、贝鲁特、吉隆坡等地，工作异常繁忙。尽管如此，他不忘初衷，挤出时间从事自己所喜爱的东方语言文化研究。他的研究兴趣很广，琴棋书画、小说戏曲无所不包，而且成果颇丰，几乎每隔一至两年就出版一本书。1941年由日本上智大学出版的《琴道》（*The Lore of the Chinese Lute*）是西方第一本系统介绍中国古琴的专著。在书中，高罗佩基于大量中国古代文献，对中国古琴的起源和特征、琴人的心境和原则、琴曲的意义和内涵、演奏的象征和意象，做了详尽的论述。而1944年在重庆出版的《明末义僧东皋禅师集刊》（*Collected Writings of the Ch'an Master Tung-kao, a Loyal Monk of the End of the Ming Period*），则是一部填补中国佛学史空白的开山之作。该书成书时间长达七年，期间高罗佩遍访中日名刹古寺、博物馆院，共觅得东皋禅师遗著和遗物三百余件。1958年，他耗时十余年完成的《书画鉴赏汇编》（*Chinese Pictorial Art as Viewed by the Connoisseur*）在罗马远东研究社出版。全书内容分两部分，前一部分泛论中日屋宇的式样、书画的悬挂方法以及装裱技术的衍变，后一部分讲述毛笔的构造、墨的制作、纸绢的特质、书画真赝的鉴别，堪称一部东方艺术鉴赏大全。

不过，高罗佩的最大学术成当属中国古代性文化研究。1949年，因日文版《迷宫谜案》的一幅裸体封面图，高罗佩开始对中国古代性文化进行研究。他广集史料，探幽索隐，费尽周折收集历朝历代春宫画册，又参阅了一系列的明末情色禁书，终于辑成了中国古代性文化的拓荒之作《秘戏图考》（*Erotic Colour Prints of the Ming Period*,1951）。在这之后，高罗佩继续中国古代性文化研究，且时有新的发现。适逢荷兰图书出版商建议撰写一部面向更多西方读者的中国古代性文化著作，于是他便有了洋洋数十万言的《中国古代房内考》（*Sexual Life in Ancient China*, 1961）的问世。相比《秘戏图考》，该书的社会文化史研究气息更浓，且内容上有增补，还更新了许多旧的译文，添加了许多新的引文；观点上有修正，尤其是强调爱情的高尚意义，反对过分突出纯肉欲之爱。直至今日，该书仍是东西方性学家了解中国古代性文化的重要参考文献。

三

正是对于中国历史文化的研究，让高罗佩发现了《武则天四大谜案》等中国公案小说的价值，并选择性地翻译、出版了《狄公断案精粹》。在"译者前言"中，高罗佩指出，多年来西方读者所理解的中国侦探小说，无论是厄尔·比格斯（Earl Biggers, 1884—1933）的"查理·张系列小说"（Charlie Chang series），还是萨克斯·罗默（Sax Rohmer, 1883—1959）的"傅满洲系列小说"（Fu Manchu series），其实都是"误判"。真正的中国侦探小说是如《武则天四大谜案》这样的中国公案小说。而公案小说早在1600年就已经存在，时间要比爱伦·坡"发明"侦探小说的年代，或者柯南·道尔（Conan Doyle, 1859—1930）"打造"福尔摩斯的年代，早出几个世纪。公案小说多有特色，主题之丰富、情节之复杂、结构之缜密，即便是按照西方的标准，也毫不逊色。然而，由于一些文化传统的原因，迄今这类小说不为广大西方读者所知。他呼吁西方侦探小说作家应该关注这一被遗忘的角落，积极改写或创作以中国古代探案为主要内容的侦探小说。[①]鉴于和者甚寡，1950年，他尝试创作了以狄公为主角的《迷宫谜案》。

深厚的汉学修养以及对中国历史文化的痴迷，让高罗佩在创作这十

[①] *Celebrated Cases of Judge Dee: An Authentic Eighteenth Century Chinese DetectiveNovel*, Translated and with an Introduction and with notes by Robert van Gulik, Dover Publications, Inc, New York, 1976, pp. i–v.

六卷狄公案时有意无意地融入了较多的中国古代文化元素。"漆画屏风""柳园图""朝云观""紫云寺""红阁子",这些关键词本身就是一幅幅色彩斑斓的风俗画,给西方读者以丰富的中国文化意象;而小说中的许多故事场景,如"迷宫""花亭""半月街""桂园""乐苑""黑狐祠""白娘娘庙""罗县令府邸",更无疑是生动的中国建筑大览。此外,还有许多与案情有关的关键物件,如竖琴、棋谱、毛笔、画轴、香炉、算盘、绢帕,也不啻一件件极其珍稀的古文物展示,勾起了西方读者对中国传统文化的无限向往。

当然,最值得一提的是,"狄公案"蕴含的道家思想。在《迷宫谜案》故事刚一开始,高罗佩就描绘了一个仙风道骨的太原府狄公后裔。他头戴黑纱高帽,身穿宽袖长袍,胸前白髯飘拂,举止谈吐不凡。正是他,讲述了狄公当年在兰坊县任上所破解的三桩命案。之后,故事套故事,小说中又出现了一个鹤发童颜、双唇丹红、目光敏锐的道家隐士,他于狄公断案百思不得其解之际指点迷津。由此,狄公锁定了倪氏财产争夺案的元凶。

显然,高罗佩在暗示读者,狄公之所以能屡破谜案,是因为有"高人"相助,而这"高人"并非别的,乃是他所信奉的"清静无为""顺应天道""逍遥齐物"的老庄哲学。事实上,现实生活中的高罗佩也是一个老庄哲学推崇者。在《琴道·后序》,高罗佩曾经谈到自己的抚琴体会,认为其秘诀在于遵循老子说的"去彼取此,蝉蜕尘埃之中,优游忽荒之表,亦取其适而已"[①]。之后,他进一步明确指出:"我认为道家思想对琴道衍变有决定性的优势,或者说,虽然琴道的产生及基本观念源于儒家,但内涵却是典型的道家。"此外,在《中国古代房内考》中

[①] Robert van Gulik. *The Lore of the Chinese Lute: An Essay in the Ideology of the Ch'in*. Sophia University, Tokyo, 1941, pp. xiii.

高罗佩也有类似的说法："道家从自己与自然的原始力量和谐共处的信念中得出合理结论，并固定下来，称之为道。他们认为人类的大部分活动，都是人为的，只起到疏远人和自然的作用，由此产生非自然的、人工的人类社会以及家庭、国家、各种礼仪、专横的善恶区分。他们提倡回复到原始质朴，回复到一个长寿、幸福、没有善恶的黄金时代。"①

四

然而，高罗佩并非不分良莠、一味地融入中国古代文化元素。高罗佩曾总结了《武则天四大谜案》等中国古代公案小说的五大"弊病"。首先，小说伊始即介绍罪犯，细述犯罪的经过和动机，从而丧失了故事基本悬念。其次，崇尚神鬼等超自然力量，断案判官能潜入冥王地府与受害者对话，动物、炊具也能上法庭做证。再有，故事冗长，情节拖沓，动辄数十章，甚至数百章。再有，出场人物过多，难以分清主次、理清线索。最后，惩罚罪犯过分，残忍地诉诸暴力。②

高罗佩"狄公案小说"的整个谋篇布局，沿用西方古典式侦探小说的创作模式，并突出运用了许多行之有效的创作技巧；譬如采用阿加莎·克里斯蒂式的"高度悬疑"，几乎每卷都有这样的设置，典型的如《紫云寺谜案》；又或如柯南·道尔式的"科学探案"，这一技巧的运用集中体现在小说主要人物形象的提升和重塑上。在高罗佩的笔下，狄公已经不单是那个为政清廉、刚正不阿、体恤民生、只凭聪明才智断案的

① Robert van Gulik. *Sexual Life in Ancient China: A Preliminary Survey of ChineseSex and Society from Ca. 1500 B. C. till 1644 A. D.*Leiden, E. J. Brill, 1974, pp. 42-43.

② *Celebrated Cases of Judge Dee: An Authentic Eighteenth-Century Chinese DetectiveNovel*, Translated and with an Introduction and with notes by Robert van Gulik,Dover Publications, Inc, New York, 1976, pp. ii-iv.

青天大老爷，而是博学、勤政、亲民的"公务员"，是依靠仔细调查和缜密推理破案的"科学"神探。他手下的几个随从，马荣、乔泰、陶干和洪亮，也一改"四肢发达、头脑简单"的性格描写窠臼，变成有血有肉、智勇兼备的破案搭档。作为一县之长，狄公不但熟悉辖区具体政务，还擅长同各种各样的人打交道，了解他们的喜怒哀乐和实际需求。他深谙犯罪心理学，勤于现场勘查，善于从蛛丝马迹中寻找破案线索，并层层剥茧抽丝，缜密推理。在《漆画屏风谜案》第五章，高罗佩以十分细腻的笔触，描述了狄公如何在沼泽地查看一具女尸的情景：

> 狄公重新掀开裹盖女尸的袍服。除了那袍服外，女尸一丝不挂，一把短剑从左侧乳房直插胸部，露出剑柄。剑柄周围有一摊干涸的血。他细看那剑柄，发现质地为白银，上面镂刻了美丽的花纹，不过年代已久，呈现出黑色。他断定，这把短剑是一件稀世古董，只因那个乞丐不识货，在盗窃耳环和手镯的时候，没有将它拔出带走。他摸了摸那乳房，表面冷而黏湿，接着又抬起她的一只胳膊，觉得还有弹性。看来，这个女人被害的时间不过几个时辰。他想着，这安详的神态、简便的发型、裸露的胴体、赤裸的双脚，都说明她是在床上熟睡时被害的。[1]

这段描写，与柯南·道尔在《巴斯克维尔的猎犬》中描述福尔摩斯现场勘查爵士死因简直有异曲同工之妙。不过，高罗佩没有无限拔高狄公，而是描写他有时也会被假象所蒙蔽，也会因怀疑自己判断有误而心虚。此外，他还有七情六欲，不但娶有三房夫人，还看见美丽、善良的女人

---

[1] Robert van Gulik. *The Lacquer Screen: a Chinese Detective Story*. The University of Chicago Press, Chicago, 1992, p. 52.

就动心。《铁针谜案》中暗恋郭夫人便是一例。

再如约翰·卡尔的"密室谋杀"。所谓密室谋杀，是指罪犯在一个完全封闭、看似无法出入的空间环境内所实施的谋杀，往往产生一种独特的惊悚、神秘的效果。高罗佩似乎谙于这一技巧，在大部分"谜案"中都有展示。《红阁子谜案》中的举人李琏和花魁娘子秋月先后"自杀"，显然是一种密室谋杀，因为两人均死在卧室，房门紧锁；而《朝云观谜案》中的前任住持玉镜"讲道时突然仙逝"，也是与密室谋杀不无联系，因为众目睽睽之下，凶手没有任何作案机会。

立足西方古典式侦探小说创作模式，选择性融入中国古代文化元素，一切以故事情节生动为准则，高罗佩的十六卷"狄公案小说"就是这样成为早期西方历史侦探小说的成功范例，同时也赢得世界千千万万读者的青睐。

黄禄善

2017年10月26日

2020年12月1日修订

黄禄善，上海大学外国语学院教授，上海作家协会会员、上海翻译家协会理事，英国皇家特许语言家学会中国分会副会长。译有《美国的悲剧》等十部英美长篇小说，主编过八套大中小外国文学丛书，其中由长江文艺出版社、花城出版社出版的"世界文学名著典藏"（精装豪华本）近二百卷。

本书八个故事讲述了唐朝狄仁杰在四个县府任职的十年中，与其随从洪亮、马荣和乔泰断案的经历。从大唐西征突厥部落将领倒戈之疑案，到汉源县归隐秀才家中花园凉亭之凶案，本书记载了狄公为官数十载辉煌生涯中最脍炙人口的案子。

目
录

太子棺谜案

祥云香钟

【短篇小说】

本案发生于663年（大唐高宗龙朔三年），其时狄公任东北沿海之蓬莱县令刚刚七日。蓬莱县地处偏僻，乃狄公首次外任之地方。甫到蓬莱，他就遭遇三起谜案（详见《黄金谜案》，其中提到蓬莱县繁荣的造船业和富有的船东易鹏）。本案发生时，狄公正与易鹏及另外两人在县衙二堂议事，就狄公提出造船业置于朝廷管控之下的建议进行商讨。

"如此甚好，各位，"狄公甚是满意，对他的三位客人笑道，"如此解决便妥当了。"

众人约莫未时开始议事，此时已过酉时。不过，他认为时间没白费。

"我等拟定之条例似已包含所有可能之情况。"胡承峰一丝不苟地说道。这位衣着端严的中年人，曾是刑部尚书的书吏。看看坐在右手边的船东华敏，他又言道："想必华船东亦能认同，有此条例，华船东与易船东间的分歧可公平解决。"

华敏面露难色。"'公平'一词甚为得体，"他毫不掩饰地说道，"然身为商人，窃以为'谋利'更得我心，倘能与易船东放手相搏，终局或许不尽公平，不……但我却可获利更丰。"

"造船业关乎大唐海防安全，朝廷岂容私商独霸。"狄公断然言道，"我等今日商议良久，承蒙胡先生提出造船工艺之良策，方有如此明白晓畅之条例，本县之船东均需遵循。还望二位依例行事。"

易鹏点头称是，但似若有所思。狄公对这位精明、守法之商人颇为欣赏，但对华敏则不以为然，认为其为人狡黠且风流成性。狄公示意书吏为众人添茶，自己则仰靠在座椅上。天气燥热，此时却有一丝凉风从窗外吹来，木兰的清香随之飘进了小小的二堂。

易鹏放下茶杯，探询地望了望胡承峰和华敏，是时候起身告辞了。

突然，门开了，狄公的心腹随从洪亮走了进来。他径直走到书案边，说道："大人，外面有人有要事求见。"

狄公见洪亮神色有异，遂对三位客人说道："各位，容本县失陪片刻。"说着，他起身随洪亮走了出去。

行至廊下，洪亮站下，压低嗓音对狄公说道："大人，来的是胡先生府上的管家，说胡夫人自尽，特来向胡先生禀报。"

"老天爷！"狄公惊呼道。"叫管家稍候。本县亲自对胡先生言明此事。胡夫人是如何自尽的？"

"回大人，是午休时自缢身亡的，在花园小亭内。管家一发现便赶来报信。"

"胡先生太不幸了。本县颇为欣赏他之为人。其人虽比较古板，但行事极为认真，也是个明辨是非之人。"

狄公伤感地摇了摇头，遂又回到二堂。待他在书案后坐定，他一脸肃穆地对胡承峰说道："胡先生，来的是府上的管家，他有骇人的消息要禀报于你，是有关尊夫人的。"

胡承峰抓住座椅扶手，问道："我夫人怎么了？"

"她大概是寻了短见，胡先生。"

胡承峰刚要起身，却又跌坐在椅子上。他闷声说道："噩运还是来了，我就担心。她……她近来总是郁郁寡欢。"

"府上的管家说，尊夫人是自缢身亡。此刻管家正在外面等你。本县亦会马上派件作过去开具尸格。想必胡先生也希望尽快办结此事。"

胡承峰似乎并未听狄公说什么，只喃喃说道："死了！我离开她不过个把时辰！这该如何是好？"

"胡先生，我等定会倾力相助。"华敏安慰道。他安抚胡承峰几句，易鹏也在一旁温言抚慰。不过，胡承峰似乎并未在听。他凝神呆望，面色如土。突然，他看着狄公，犹豫片刻说道：

"大人，容在下缓缓，缓一缓……在下本不想辜负您的好意，大人，只是……可否请人代为办结？在下想等验尸之后，尸身已……之后再回府。"他说话的声音越来越低，眼睛祈求似的望着狄公。

"这个自然，胡先生！"狄公赶忙应道，"你留在县衙，再喝杯茶。本县亲自带件作到府上去，然后备一副薄棺。本县所能做的，仅此而已。胡先生从不吝高招妙计，为本县出谋划策，再说今日胡先生亦在衙内辛劳半日。胡先生切莫客气！拜托易船东、华船东两位在此照料，本县片刻就回。"

此时，洪亮和留着黑须的矮胖男子正在院中等候。那人正是胡府的管家。洪亮引他见过狄公，狄公言道："本县已知会过你家老爷，你现在可以回去了。本县一会儿就到。"说罢，狄公又对洪亮说道："你不如去趟档案室，整理一下文书，待我回衙后与你一同处置。马荣、乔泰何在？"

"禀大人，他俩正带着衙役们在中庭操练。"

"好。叫班头带两名衙役随我同去胡府。让他们先把尸体殓入棺内。等马荣和乔泰操练完了，就让他们歇息吧。今晚用不着他们。传仵作，备轿！"

胡府看上去颇为简素，矮胖的管家此时已在狭小的前院恭候，门房旁边两个眼睛红红的女仆正不安地走来走去。班头扶狄公下轿，狄公命他与两名衙役在前院等候。然后，他叫管家带路，领自己和仵作去往花园小亭。

管家领狄公二人沿着回廊一路前行，来到一个四周高墙的大花园。小路齐整，一直蜿蜒至花园最深处，两旁是开得繁盛的花丛。在两棵高大的橡树掩映下，一座小巧的亭子建在一圆形石基之上。亭子为八角攒尖亭，覆以绿瓦，柱子和菱形格栅皆为红色。狄公上台阶，拉门进了小亭。

亭子虽小，亭顶却很高，且闷热异常，空气中弥漫着一股刺鼻的味道。狄公一眼看到右侧靠墙的竹床上，一个妇人面朝墙壁直挺挺地侧卧在那里，乌亮的长发披散在肩上。她身穿一件白色的夏日丝裙，小脚上套着白色缎鞋。狄公回身对仵作说道：

"你去验尸，本县来填写尸格。管家，把窗子打开，这里太闷了。"

狄公从袖中拿出一纸空白公文纸笺，放在门边的角桌上。他略略打量一下房内陈设，只见亭内正中摆着一张雕花的花梨木桌案，上面摆着一个茶盘，盘内放着两只茶杯，方茶壶打翻在桌上，壶嘴正对着一个黄铜的扁盒子。铜盒旁放着一截长长的红绫。靠桌案摆着两把高背椅。两个窗户之间安置着两个湘妃竹的书架，上面放着书和几件小古董。除此以外，再无别的家具。亭内墙壁的上半截镶着木板，木板上刻着一些著名的诗句。亭内安静，布置得也颇为雅致。

管家推开最后一扇格栅后，走到狄公面前，指了指圆形亭顶上的红漆横梁，只见粗大的横梁上垂着一截红绫，绫端似是纰裂所致。

"大人，待我等发现时，夫人就吊在这儿，是侍女和小的发现的。"

狄公点点头，道："今早胡夫人可曾伤心难过？"

"没有啊，大人，午饭时夫人兴致还很好。可华老爷拜会过我家老爷后，夫人就……"

"你是说华敏？他来做什么？他本应未时到县衙与胡先生相见的！"

管家一脸窘迫。迟疑一会儿，他回答说："大人，当时小人在前厅伺候两位老爷吃茶，忍不住听见他们谈话。小人听见，华老爷想让我家老爷在议事时在大人您面前为他美言几句。他甚至允诺给我家老爷丰厚的……酬劳。当然，我家老爷愤然回绝了……"

仵作走过来，对狄公说道："大人来看，事情有些蹊跷！"

狄公见仵作满脸困惑，遂草草吩咐管家道："去叫胡夫人的侍女来！"说完，他走向床榻。仵作把死者的头转过来，见死者虽面容狰狞，但仍可以看出是位俏丽的女子。狄公估计死者在三十岁上下。仵作把死者的头发拨开，让狄公看左太阳穴上的一处深色瘀青。

"大人，此处是第一个疑点。"他缓缓言道，"第二点，死者是悬梁而死，颈骨却并没有错位。在下量了横梁上垂下的绫子长度，结合桌上套索的长度以及夫人的身高，不难判断案发当时的情形。她踩着那把椅子，上了桌子，然后在绫子一头打个结，把绫子抛到横梁上，让绫子稳稳地套在横梁上，再在绫子末端做好套索，套在脖子上。接着，她从桌子上跳下来。跳下来时，脚踢翻了茶壶。当她挂在横梁上时，脚离地必有数寸。绫子慢慢勒紧，直至致其死亡，因而她的颈骨未断。在下不禁要想，她为何不把椅子直接放在桌子上，然后从椅子上跳下来。那样猛地一下便会扯断她的颈骨，肯定会死得更快些。这么一想，再想想她太阳穴上的瘀青……"仵作停了下来，意味深长地看了狄公一眼。

"言之有理。"狄公说道。他拿起空白的公文纸笺，放回袖中。天晓得何时才可以公布这份尸格！他长叹一口气，问道：

"何时死的，知道吗？"

"大人，这很难说。尸体尚有余温，手脚也还未僵硬。不过天气炎热，房屋密闭……"

狄公心不在焉地点点头，目光却停在了铜盒上。铜盒呈五边形，圆角，直径约三寸，高约二寸；铜盖镂空，由五个相连的螺旋组成。透过镂空的铜盖，可以看到盒子里装满了褐色粉末。

仵作顺着狄公的目光看去。"这是只香钟。"仵作说道。

"是印香钟。盒盖为祥云的式样，每个螺旋即是一朵云。若从一端点燃此香，它便会如引信一般，沿着螺旋纹样一路燃去。您看，茶壶嘴里流出的茶水，浇湿了香钟，燃香便在第三个螺旋的中间熄灭了。如果能弄清楚香钟何时点燃、到第三个螺旋中心大约耗时多长，就能确定她自尽的大致时间。或者更确切地说……"

狄公突然打住不语，因为管家进来了。一同进来的还有一个大约五十岁的胖妇，身穿素净的褐色衣裙。妇人圆圆的脸上仍挂着泪痕，但一见床榻上那个一动不动的身影，便又止不住呜咽起来。

"她服侍胡夫人多久了？"狄公问管家。

"回大人，有二十多年了。她是夫人娘家的家奴。三年前，我家老爷娶了夫人，她就随夫人来了胡府。她不甚灵巧，但心地好。夫人很喜欢她。"

"莫要这样哭哭啼啼！"狄公对那妇人说，"夫人的死对你而言，确如晴天霹雳。若你利索回答本县问话，我们便可以让她很快入殓。你且说说，熟悉这个香钟吗？"

妇人用袖子擦了擦脸，无力地答道："自然熟悉，大人。这香正好能燃两个半时辰，每朵云燃半个时辰。奴婢临走时，夫人抱怨亭子里有霉味，奴婢便点燃了香钟。"

"那是在什么时候？"

"回大人，快到未时中。"

"那是最后一次见到你家夫人，是吗？"

"是的，大人。当时华老爷跟我家老爷在前厅说话，奴婢送夫人来到这边亭子里。没过多久，我家老爷便也来亭子里，看夫人是否安睡。夫人让奴婢沏了两杯茶，说酉时之前不需要在跟前伺候，让奴婢也去打个盹。夫人待奴婢们总是那么体贴！奴婢回到屋里，请管家把老爷的灰色新长袍放在卧房，说老爷去县衙议事时要穿。之后，待管家帮老爷换好衣服后，老爷又叫奴婢把华老爷请来，两人便一起走了。"

"那时华敏在何处？"

"回大人，奴婢见他在花园中赏花。"

"是这样。"管家应声回道，"方才小人已回过狄大人，两位老爷在前厅说完话之后，我家老爷让华老爷等他一会儿，说要到亭子里与夫人告别，然后顺便换身衣服。华老爷独自一人待在前厅，大概是觉得乏味，便到园中走走。"

"明白了。谁最先发现死尸的，你还是这位侍女？"

"大人，是奴婢。"妇人答道，"未到酉时，我便到了亭子里，奴婢……奴婢看到夫人吊在那，在横梁上。于是，奴婢冲出去喊

祥云香钟图谱（高罗佩　绘）

了管家过来。"

"小人立即站到椅子上,"管家说道,"侍女抱着夫人,小人割断了绫子。之后,小人把绫索松开,与侍女把夫人抬到竹榻上。当时夫人已经没了呼吸和心跳。小人用力揉搓,想让她苏醒过来,但为时已晚。于是,小人赶紧跑到县衙禀告我家老爷。要是小人能早点发现夫人……"

"你已经尽力了,管家。让本县想想。你跟本县说,胡夫人午饭时分兴致还很高,但华敏来了就不对劲了,是吗?"

"是的,大人。夫人一听说华老爷来找老爷,脸色就变得苍白,还立刻退到了厢房。小人见她……"

"定是你弄错了!"妇人生气地打断了管家的话,"夫人从厢房走到亭子时,我一直陪着,没发现夫人有何不悦!"

管家正欲发怒分辩,狄公抬起手,草草对管家吩咐道:"到门房去问问看门人,华敏和你家老爷走后,他可曾放什么人进府,这些人为何进府,在府内待了多久。快去!"

管家匆匆离去后,狄公在桌旁坐下。他一边慢慢捋着髯须,一边暗暗打量着面前这个垂眉顺眼的妇人。然后他说道:"你家夫人已然死了,你便有责任将所知之事一一禀来,协助本县找到直接或间接害死夫人的元凶。说说,华敏来为什么会让她难过?"

妇人一脸惊恐地望向狄公,吞吞吐吐地言道:"大人,奴婢真的不知!奴婢只知道,这十来天里,夫人曾两次拜会过华老爷,都是瞒着老爷去的。奴婢想和夫人一起去,但冯公子说……"她突然缩住口,脸涨得通红,恼怒地咬着嘴唇。

"谁是冯公子?"狄公厉声问道。

她眉头紧蹙,踌躇一会儿,耸了耸肩,答道:"也罢,这事终究都是要知道的,再说他们也没做错什么!禀大人,冯公子是个画师,很穷,身体也不好。他过去住在我家小姐娘家附近的小破房子里。六年前,我家小姐的父亲,就是致仕的刺史大人,聘了冯公子教小姐绘画。那时夫人二十二岁,而冯公子年轻英俊。难怪二人会互相爱慕。大人,冯公子真是个好人,他的父亲是一位有名的学者。可惜的是,他家道中落,而且……"

"且不说那个!他二人可有私情?"

妇人笃定地摇了摇头,立即答道:"从来没有,大人!冯公子原打算请人向老刺史提亲的。那冯公子确实穷得要命,但他出身名门,想着说不定刺史大人会答应。可就在那时,冯公子的咳疾加重了。他去看大夫,大夫说他得的是无法医治的肺痨,恐命不久矣。冯公子将此事告诉了小姐,并说二人再无可能成亲,一切不过是瞬间消逝的美梦罢了。公子意欲远行,但小姐恳求他留下来。她说,他们仍是挚友,如果病体难愈,小姐想在他身边……"

"你家小姐嫁给胡老爷后还跟冯公子有来往吗?"

"有来往,大人。就在这亭子里。不过都是在白天,而且奴婢一直在旁伺候。奴婢发誓,冯公子连我家夫人的手都没碰过,大人!"

"胡老爷知道他们来往吗?"

"不,当然不知道!等老爷外出后,奴婢会把夫人写的便笺给冯公子,他会从花园门溜进来,和她在亭子里喝杯茶。奴婢知道，夫人嫁过来的三年里，唯一能让冯公子活下去的就是这难得的见面。况且夫人那么喜欢跟公子说话！而奴婢也一直在那里……"

狄公严肃地说道："你纵容他二人私下会面，可能就是纵容了杀人。你家夫人不是自缢身亡，而是被杀的。确切的时间是在申时末。"

"可是大人，冯公子怎会跟此事有关？"妇人哀号道。

"这正是本县要查明的。"狄公冷冷言道。他转向仵作："我们到门房去。"

班头和两名衙役正坐在前院的石凳上等着。见狄公过来，班头起身行礼，问道："大人，是否要在下叫几个人抬棺材来？"

"不用，暂时不必。"狄公没好气地说罢，继续往门房走。

在看门人的小屋里，小个子管家正斥责一个穿蓝色长袍的干瘪老人。两个笑嘻嘻的轿夫正一边从窗户往里看，一边津津有味地听着。

"这厮硬说没见有人进来。"管家生气地说道，"但这个老傻瓜承认自己申时小睡了一会儿。可耻！"

狄公没有理会管家的话，只突然问管家道："你可认得一个姓冯的画师？"

管家大吃一惊，摇摇头，可年长的那位轿夫喊道："小人认得冯公子，大人！他常在拐角小人父亲的小摊上买面吃。他租住在杂货店的阁楼上，就在这胡府后面。约莫半个时辰前，小人还看见他站在花园门口。"

狄公回身对仵作说道："让轿夫带你去冯公子那儿，然后带他到这里来。切莫告诉他胡夫人的死讯。"说罢，他又命管家道："领本县去前厅。本县在那见冯公子。"

前厅很小，简单几件家具，但材质很好。管家请狄公在当中桌子旁一把舒服的扶手椅上坐下，为狄公倒了一杯茶后，小心翼翼地退了出去。

狄公一边慢慢地喝着茶，一边满意地想，现在已然有了凶手的线索。他只盼仵作能找到画师，这样他就能立刻开始审案。

仵作回来得比狄公预料得要快，还带回一个大约三十岁的男人。男子瘦高个，相貌出众，留着黑色的短髭。他头戴一顶褪了色的黑帽子，帽子下露出几缕头发。狄公见他那大眼睛异常明亮，双颊凹陷，且有红晕。他示意男子坐到桌子对面的椅子上。仵作给客人倒了一杯茶，遂站在他椅子后面。

"冯公子，久闻画作甚佳，"狄公和蔼地说道，"常盼与你相识。"

画师用修长、纤弱手抻了抻长袍，恭敬地说道："承蒙大人抬爱，晚生受宠若惊。不过晚生不明白，您急匆匆把我召到胡府，只为闲谈诗画。"

"当然不是，当然。冯公子，胡府花园里发生了一些意外，本县正在寻找证人。"

冯公子从椅子上直起身子，焦急地问道："意外？胡夫人无碍吧？"

"冯公子，正是胡夫人发生了意外。事情发生在申时，在花园亭子里，而你正好那时来看过她。"

"她出了什么事？"画师大声叫道。

"你自己心里应该清楚！"狄公冷冷言道，"正是你杀害了她！"

"她死了！"冯公子喊道。他双手捂着脸，瘦削的肩膀颤抖不已。过了许久，他抬起头来，平复一会儿，郑重地问道："大人，请您告诉晚生，晚生为何要杀死自己深爱的女人？"

"你的动机，是害怕事情暴露。她嫁人之后，你仍对她念念不忘。之后，她渐渐厌烦，告诉你如果继续往来，她会告诉自己夫君。今日，你俩大吵一架后，你便杀了她。"

画师缓缓点了点头。"是的。"他说道，"我想，这个解释貌似合理。如大人所言，晚生当时确实在花园门口徘徊。"

"她可知道你要来？"

"知道。今早，一个街童给晚生送来她的便笺，说有急事要见晚生。她与晚生约好，申时二刻在花园门口，晚生照常敲四下门，侍女就会让晚生进去。"

"你进园后发生了什么事？"

"晚生没能进去。晚生敲了几下门，但门依旧紧闭。晚生来回踱了一会儿步，又上去敲门，见无人应门，便折返家中。"

"把便笺拿给本县看！"

"便笺没有了。晚生已依约毁了便笺。"

"这么说你否认杀了她？"

冯公子耸了耸肩。"大人，如果您无法找到真凶，晚生心甘情愿担罪，帮您了结这个案子。反正晚生不久也要死了，不管晚生是死在床上还是死在铡刀下，对晚生来说都一样。她死了，晚生断无理由继续这种悲惨的生活。晚生之所爱，晚生的画，早已离晚生远去——这种无法治愈的病似乎摧毁了晚生的作画热情。但是，倘若还有希望找到残忍杀害这个无辜女人的恶魔，那晚生就没有任何理由承认没有犯下的罪行。那样反而会让事情更复杂。”

狄公久久注视着冯公子，若有所思地捋着胡子，道：“胡夫人是否一直是这样叫街童给你送信？”

“不是的，大人。通常是她的侍女给晚生送信。毁掉便笺这样的约定也是头一遭。但信是她写的，晚生熟悉她的语气和笔迹。”一阵剧烈的咳嗽让他无法继续说话。他用手绢擦了擦嘴，漠然地看了看手绢上的那片血迹，然后又说：“晚生想不出她会有什么急事需要见面商谈。谁会想让她死呢？晚生与她以及她的家人相识已有十多载，晚生可以向大人保证，他们在这世上并无仇人！”他摸了摸唇髭又说：“她夫妇婚后相当美满。胡先生虽有点迟钝，但真心疼爱夫人，素来亲切体贴。胡先生从未提过纳妾一事，虽然夫人一直未生育。而夫人对胡先生也是敬爱有加。”

“可这并没妨碍她私底下继续与你来往！”狄公漠然说道，“对有夫之妇而言，这是有损品行之举。更不用说你了！”

画师傲然看了一眼狄公。

“大人不会明白的。”他冷冷说道，“空洞无益的世俗戒律如同一张网困住了您。晚生想说的是，晚生与夫人的情谊无可指摘。我二人之所以私会，是因为胡先生是个相当老派的人，他会像您一样误解我二人的关系。再者，我们不愿伤害他。"

"你们倒是思虑周全！既然如此了解胡夫人，想必你知道她近来为何消沉？"

"哦，是的。事情是这样的,她的父亲老刺史不谙理财之道，欠了那位富有的船东华敏一大笔债。大约一个月前，这无情的债主逼迫老人家用田地抵债，但刺史大人仍想留住田地。这些田产是其家族所有，不晓得传了多少代。再说，他觉得自己有责任为佃户着想。若拿去抵债，华敏会榨干那些可怜鬼的最后一个铜板！老人家恳求华敏，可否将债期延后，等秋收之后，至少可以还掉到期的高息。但是，华敏坚持要求押地，到期不能还钱就将田地廉价卖给他。胡夫人一直忧心此事，她让晚生带她去拜访过华敏两次。她竭力劝阻华敏，让他宽限几日还债。可那畜生说，只有夫人答应与他共寝，他才会考虑此事！"

"胡先生知道胡夫人去找过华敏吗？"

"他不知道。我二人深知，若胡先生听闻岳父大人负债却无能为力，他会担心的。大人知道，胡先生并无私产。他只是靠着微薄的俸银度日。"

"你二人对胡先生倒真是体贴！"

"他值得让人尊敬，他是个正派人。他唯一不能给予爱妻的就是精神的陪伴，而夫人在晚生身上可以。"

"本县从未见过谁像你等这样寡廉鲜耻！"狄公厌恶地说道。他起身吩咐仵作："把这个人交给班头，先以嫌犯的身份关在牢里。然后你带两个衙役把胡夫人的尸体抬到县衙，再行详细查验。一俟验尸结束，立即到二堂报与本县。"

说完，狄公甩着长袖愤然离去。

胡承峰和两位船东还在二堂等候，书吏在一旁伺候。见狄公回来，众人意欲起身行礼，但狄公示意众人不必客套。他在书案后的太师椅上坐下，让书吏为众人添茶。

"诸事都办妥了吗，大人？"胡承峰闷闷地问道。

狄公一口饮尽茶水，双肘挂在桌上，缓缓言道："不尽然。胡先生，本县有坏消息告诉你。尊夫人不是自杀，而是他杀。"

胡承峰一声低叫，华敏和易鹏也是诧异地面面相觑。胡承峰冲口而出："他杀？谁干的？老天爷，是为了什么啊？"

"有证据表明，一个姓冯的画师有嫌疑。"

"姓冯的？画师？从未听说过！"

"胡先生，本县提醒过你，这是个坏消息。非常糟糕。在你和尊夫人成亲前，她和这个画师便关系亲密。你二人成亲后，他两人继续偷偷地在花园亭内私会。她可能是对他厌倦了，想要结束这段关系。知道你下午都在衙门里议事，她可能给冯画师送去便笺，约他来花园见面。如果她提出要一刀两断，画师很可能因此便杀了她。"

胡承峰坐在那里，眼睛直勾勾地盯着前方，薄薄的嘴唇抿得紧紧的。易鹏和华敏看起来颇为尴尬。他们决定起身告辞，让狄公和胡承峰单独谈。但狄公断然抬手拦下，令二人待在原地。最后，胡承峰抬起头问道："那个恶人是怎么害死她的？"

"她是太阳穴受击晕了过去，然后被人用绳索套住脖子挂在横梁上勒死的。行凶过程中，凶犯打翻了茶壶，浇灭了祥云香钟里的燃香。据推断，凶案发生在申时二刻。此外，有一人证看到冯画师彼时曾在府上花园门口转悠。"

正说着，有人敲门，仵作进来把尸格交给狄公。狄公快速浏览一下尸格，发现死因确为窒息。除了太阳穴上的瘀青外，尸体上未发现因暴力造成的伤痕。此外，胡夫人已有三个月身孕。

狄公慢慢把尸格折起来，放进袖子里。他吩咐仵作说："告诉班头，把刚才关在牢房里的人放出来。不过，得让他在衙役值房里等一会儿。本县还有话要问。"

仵作退下，胡承峰站了起来。他声音嘶哑地说道："请大人允在下告退。在下必须……"

"不急，胡先生。"狄公打断道，"当着华船东和易船东的面，本县有问题要问。"

胡承峰一脸困惑地重又坐下。

"胡先生，你大约在未时中与亭子里的夫人告别，"狄公继续说道，"后来你在这二堂中一直待到酉时初，就是府上管家来报凶信的时候。我们都知道，她可能死于未时中至酉时初。可当本县说她自尽的时候，你说：'我才走了不过个把时辰……'华船东和易船东在此可以作证。你怎知她是死于申时二刻呢？"

胡承峰一言不发。他瞪大眼睛，茫然不解地看着狄公。狄公陡然厉声说道：

"本县来告诉你！未时中，侍女一离开亭子，你就杀死了胡夫人，并故意把茶洒在香钟之上。显然你知道本县敏于观察，多谢抬举。你知道，如若本县验过现场，就会发现尊夫人是他杀，而且还能从香钟上推断作案时间是在申时二刻左右。你还推算，本县迟早会发现冯公子在那个时候就在花园门口，是你用假的便笺引他到那儿的。这条计策甚是高明。呵，抵得上一位断案的高手。但是，精心伪造的死亡时间成了暴露你罪行的关键。你不停地告诉自己：'我永远不会被怀疑，因为杀人的时间是在申时二刻。'所以你不经意间说了一句'我离开她不过个把时辰'。当时本县并未觉出其中的蹊跷。可是，当本县意识到凶手是你，而非冯画师时，我想起了这句话，这也为你的罪行提供了最后的证据。祥云对你来说，并不吉祥，胡先生！"

胡承峰站直了身子，冷冷地问道："在下为何要杀自己的妻子？"

"且让本县告诉你。你已发现她与冯公子私会，当她告知你怀有身孕，你便决定除去他二人，一击而中。你以为冯公子是那腹中胎儿的父亲，而且……"

"他不是！"胡承峰突然尖叫起来，"你想那可怜虫会……不，是我的孩子，你听见了吗？那两人只会说些令人作呕、无端伤感的胡话！我听到他们说我的那些好话！……一个体面却相当迟钝的丈夫，有权占有她的身体，却永远不懂她高贵的灵魂。我该，我本该……"他气得结结巴巴说不出话来。接着，他努力控制自己的情绪，用平静的语气继续说道："我岂能要一个如娼妓般想法的女人的孩子，一个……"

"够了！"狄公蓦然喊道。他双手击掌，对应声而入的班头下令："为这杀人犯戴上锁链，关进大牢。本县明日要在县衙大堂上听他供认所犯罪行。"

班头把胡承峰带走之后，狄公对易鹏说道："易船东，书吏送你出去。"然后，他又回身对另一位船东华敏，说道："至于华船东，请你再留片刻，本县有话单独与你说。"

屋内只剩他二人时，华敏讨好地说道："大人神速，顷刻间便破了此案。想那胡……"

狄公不悦地看了华敏一眼，冷冷言道："本县对冯公子是凶犯一事甚为不快。对他不利的证据过于吻合，而杀人的方式与他的性格完全不符。本县让轿夫绕道回县衙，好让本县有时间来思考。本县推断，既然证据只能由一个局内人设计，那这人一定是胡——受到欺骗的丈夫欲报复私通的男女，是为动机。但为何胡承峰要等这么久呢？他知道胡夫人给冯公子送信的事。他一定很久以前就知道两人秘密会面的事了。当本县从尸格中得知胡夫人怀有身孕时，本县便认定，正是此事使他痛下决心。本县所料与事实无差，尽管他刚才的情绪与本县设想得不同。"狄公沉着脸注视着华敏，接着又道："伪证只能由局内人编造，只有府内熟悉香钟和胡夫人笔迹的人。这使你逃脱了罪责，华船东！"

"大人，我？"华敏惊叫。

"正是。本县知道胡夫人去找过你，也知道她拒绝了那无耻的提议。胡承峰对此一无所知，但冯公子知道。这就给了你想要除掉两人的动机。你也有机会，因为未时中你在花园里，而胡夫人独自一人在亭子里。华船东，你虽未杀人，但你企图勾引已婚妇女，冯公子是人证；你还企图贿赂，胡府管家可作证。今日午时你去拜访胡承峰时，他听到了你们的谈话。明日本县要在大堂上指控你这两项罪名，判你入狱。华船东，你在蓬莱县的家业也就保不住了。"

华敏跳了起来，正要跪下求饶，狄公随即又说：

"本县可以免除你两项罪名，只要你答应付两笔罚金。其一，你今晚去信给胡夫人的父亲，署名并盖印，告知他可以随时随意归还借你的钱，而且你不收取一分利息。其二，你需请冯公子为你船坞中的船作画，画资为每幅一两银子。"狄公摆摆手，打断了华敏的谢恩。"当然，罚金只是暂时解救你。若本县再听到你逼迫良家妇女，以上罪责一并追究。现在你去衙役值房，冯公子正等在那里，跟他说你要请他作画。先付给他五两银子做定金。去吧！"

惊魂未定的船东匆匆告辞后，狄公从椅子上站起身来，站在敞开的窗前。闻着木兰花的幽香，狄公自言自语道："即便不欣赏他的品行，也没理由让他穷困而死！"

说罢，他猛然回身，向档案馆走去。

红漆羽箭

〔短篇小说〕

沿海的蓬莱县，狄公外任的第一个任所，由负责民事的父母官——县令与执掌海防的守捉使共同管理。他们各自的权属相当明确，民事和军务也甚少交叉。然而，就在狄公任蓬莱县令一个多月时，却意外被卷入了一场军事风波中。《黄金谜案》中曾提到过一座规模较大的军寨，位于蓬莱县城下游约十里的河口，是为防止高丽军队袭扰而设。《红漆羽箭》中的杀人案就发生在这座军寨之内：一个涉及男人的案件，不牵扯女人——但里面有很多的官文案牍！

狄公从审阅的公文中抬起头来，对书案对面的两个人烦躁地说道：

"你二人能安静坐会儿吗？别这样动来动去的，好吗?"

狄公重又埋头公文时，他那俩大个子随从——马荣和乔泰，便努力安静地坐在凳子上。然而，没过多久，马荣就偷偷向乔泰点点头，乔泰便也手拄膝盖要说话。就在这时，狄公把文书一推，不悦地喊道：

"可恼啊！申类四〇四号公文怎么就没有呀！我还以为是洪亮昨日去州府前匆忙间放错了，可就是寻不见！"

"大人，会不会在另一卷公文里?"马荣问道，"那卷也标记为'申'。"

"胡说!"狄公厉声道,"我不是跟你们说过吗,军寨的公文里,有两类标记为'申'。一类是人事,一类是采购。在采购的公文中,关于购买皮具的申四〇五号公文清楚地标明:'请参阅申类四〇四号。'这证明,申类四〇四号公文是采购类,而非人事。"

"大人,这种公文的事情非我等能力所及啊!再者,此两类公文只是军寨那边转过来的副本。大人,军寨那边,我们……"

"这可不只是公文的问题,"狄公不客气地打断了马荣的话,"它关乎日常公务按既定的规制办理和监督,假使没有此类公文,大唐帝国的政务体制将会政令不通。"狄公见两个随从的黑脸膛上露出不悦,心内暗自好笑,遂温言道:"你们两个跟我来蓬莱也将近一个月了,证明你二人能够胜任这衙门里的苦差事。但是,公差的职责不只是抓捕危险的凶犯,还必须熟知官府的循例,能觉察到这些公事上的细微之差别,并知道这些细微差别的重要性——如此做法有时被无知的局外人称为'官样文章'。这张丢失的申类四〇四公文可能本身并不重要。但正是由于它的缺失,这件事才显得无比重要。"

狄公双手拢在宽大的衣袖中,接着说道:"马荣准确地注意到这两份申类文案都只是副本,是军寨发往长安兵部的公函。那些涉及军寨军事公务的文书与我等并无直接关联。然而,我们真正要关心的是,衙门里的每一份公文,无论重要与否,必须存放有序。至关重要的是,还必须完整无缺!"狄公抬手强调道,"从现在起，你二人须记牢，务必要完完全全地依照文书行事，而且务必要保证文书完整。在管理整饬的官府中，文书缺失是绝对不允许的，缺失的文书毫无价值可言！"

"既然如此，何不把这破玩意儿扔到窗外去！"马荣叫嚷道。不过，他马上又说道："大人海涵，我和乔兄弟今天郁闷极了。今天早上，听说我俩最要好的兄弟孟国泰都尉昨夜被定了罪，罪名是杀了军寨的苏副守捉使。"

狄公挺直了身子，问道："这么说，你俩认识孟国泰了，呃？前日我便听说了那起谋杀案，当时因为正忙着撰写公文，让洪亮递往京城，便没有去打听这档子事。毕竟这案件是军寨的内务。你们俩是怎么认识孟都尉的？"

马荣回答说："唉，约莫半个多月前，我们在一家酒馆喝酒遇见他，那夜不轮他值夜。这家伙一身的好武艺，拳脚了得，还是军寨里一等一的射手。我们仨真是相见恨晚，很快便成了好朋友。之后，他只要晚上得空，就跟我哥俩聚一聚。现在，人们说他射死了副守捉使！简直是胡说八道……"

"别担心，"乔泰安慰自己的兄弟道，"县令大人会查清楚的。"

"大人，是这么回事。"马荣急切地说道，"前日苏副使……"

狄公抬手拦下了马荣。"一来，"狄公冷冷言道，"本县不便干涉军寨内务。二来，即便本县可以过问，本县对此案也不感兴趣。不过，既然你们认识此人，不妨说说他的一些事，让我心中有数。"

"孟都尉是个正派人，性子直！"马荣嚷道，"我们跟他打过架，一起喝醉过，一起找女人。跟您说吧，大人，这是能够认清一个男人的办法！苏副使对人一贯严苛，也骂过老孟。我能想见，或许有那么一日，老孟会勃然大怒，把苏副使打倒。但他会马上自首，并承担后果。趁人熟睡之际行这射杀的勾当，然后还抵赖……不，大人，老孟是做不出来这样的事的。断断不会！"

"你们可知道守捉使方将军对此事是如何看法？"狄公问道，"本县想着，军寨的一应审判事宜应该皆由他处置。"

"是的。"乔泰回答，"方将军判定这桩案件是谋杀。方将军为人高傲自大，且不苟言笑，但有传言说，他对此案的判决也不甚满意——尽管所有的证据都指向孟兄弟。可见，孟都尉颇得人心，连守捉使也不忍心。"

"你俩上次见到孟都尉是在何时？"狄公问道。

"就在苏副使被杀的前一晚。"马荣说道，"当时我们在码头那家蟹馆刚吃过晚饭，有两个高丽商人便也进了蟹馆。我们五个人喝了个痛快，直喝到大半夜。之后还是乔兄弟把老孟背到回军寨的军船上。"

狄公靠在椅背上，慢慢捋着长长的髯须。马荣连忙起身给他倒了一杯茶。狄公呷了几口，放下杯子，轻快地说道：

"之前方将军来访蓬莱，本县至今未回访。时辰尚早，若现在动身，午饭前便可到达军寨。叫班头在前院备轿，送我们去码头。我现在去换官服。"狄公从椅子上起来，见两个随从心满意足的样子，遂又说道："提醒二位，我不能强迫守捉使同意接受我的协助。如果他不征求我的意见，那这事就罢了。不过，不管情况如何，我会寻机问他要那份丢失文书的副本。"

健壮的船夫划着沉重的军船一路向北，不出半个时辰便到了军寨。只见军寨的寨墙建在河岸西侧的浅滩之上，再往前走便是泥水浑浊的河口，之后河道渐宽，汇入远处阳光照耀下的广阔大海。

马荣和乔泰纵身跳上码头，来到巍峨的军寨大门前。把守大门的校尉弄清狄公的身份后，连忙带他穿过石板路，来到军寨大堂。马荣和乔泰则留在门厅，狄公嘱咐他俩打听一些关于案子的消息。

狄公感叹地望了一眼坚固、结实的寨墙。军寨完工不过短短数载。当年高丽国袭扰我大唐，其水军企图入侵我大唐的东北海岸，因此我朝派兵远征高丽，两次恶战后终于令其臣服。但是，高丽人对自己的失败一直耿耿于怀，随时可能会突袭我朝边境，必须加倍提防。于是，河口和护卫河口的军寨被划定为防御要地。军寨虽地处蓬莱县境，但却不属狄公职权管辖。

方将军从台阶下迎上前来，把狄公迎入二堂。他请狄公坐在自己身旁靠墙的长榻之上。

方将军举止端严，缄默少语，与前次到蓬莱县衙去见狄公时一样。他坐在那里，身子挺直，身上束着厚重的铠甲，胸前和肩上都戴着护铁。他一脸愁容，浓密的灰色眉毛下，眼神忧郁。他看看狄公，欲言又止，只简单寒暄了几句。

狄公亦陪着寒暄了几句。守捉使粗声粗气地说道，如今他年纪大了，恐不能胜任军中要职。他觉得高丽人不敢再生事端，倘要恢复元气，估计亦需数年时间。如此，军寨里一千余名官兵整日无所事事，他便还要管束。

狄公深表同情，说道："本县听闻军寨不久前发生了命案，凶犯已然找到，而且业已定罪。但是，本县还想了解一些情况。您也知道，本县初次外任蓬莱，亟盼能有此机会积累经验。"

守捉使凌厉地望了狄公一眼，又用手捋了捋灰色的短髭，突然起身说道：

"随本将来。本将让你看看案发现场，再跟你说说案情。"

经过门口值岗的护卫，方将军冲站得笔直的两个士卒吼道："把毛都尉和石朗给我叫来！"

守捉使领着狄公穿过中庭来到一幢两层楼高的大屋前。临上台阶时，守捉使低声说道："实不相瞒，此案颇令本将烦恼。"台阶之上，四个坐在长凳上的士卒见守捉使二人过来，连忙起身行礼。沿着长长的回廊一路向西，守捉使领狄公来到回廊尽头。但见前面大门坚固，门锁上贴着盖有守捉使大印的封条。方将军撕下封条，踢开门，说道：

"这便是苏副使的卧房。他是在榻上被杀的。"

进门之前，狄公飞快地扫了一眼屋子，见屋子宽敞、阔大；右手边的拱窗敞着，约五尺高，七尺宽；拱窗下的壁龛中放着个漆皮箭囊，里面插着十来支红杆铁头箭，囊外地上还掉着四支；屋里再无别的门窗；左边是一张普通木桌，没有上漆，桌面上留有刻痕，上面放着一顶铁头盔和一支箭；靠后墙上放着一张大竹榻，榻上的芦席沾着令人不爽的红褐色斑点；地面木板粗糙，并没铺地毯或地垫。

待两人进到屋里，守捉使说道：

"每日晨间操练后，苏副使习惯在此小憩，从午时末睡到未时初，约半个时辰，起身后去膳房用午饭。两日前，将近未时，协助苏副使处理公文的都尉石朗过来，打算与苏副使一同前往膳房，顺便私下里说说高姓校尉触犯军纪一事。可是，石朗敲了几次门也没人应。他想苏副使是不是已经走了，于是推门进屋看个究竟。他看见苏副使躺在那边的榻上，身穿胸甲，腹部没戴护具，却插着一支箭，皮裤上全是血。苏副使双手紧握箭杆，显然是想拔出来。你看，箭尖带钩，他便这样死了。"

守捉使清了清嗓子，接着又说："案发时的情形看清楚了，是吗？苏副使进屋后，随手将箭囊丢进壁龛，头盔放在桌上，然后便躺到了榻上。因为怕麻烦，他胸甲和长靴都没脱。就在他渐渐睡熟之时……"

刚说到这儿，两个汉子走了进来，先是利索地施个礼。守捉使示意穿褐色皮装的高个男子上前来，咕哝着说：

"这便是发现尸体的石朗都尉。"

狄公上下打量一下石朗，见此人面色凝重，脸上皱纹很深，留着短髭与络腮胡，宽肩长臂。他目光呆滞，只神情抑郁地望着狄公。

守捉使手指另一位身材矮小的男子说道："这是毛都尉，负责调查此案。在与高丽军作战时，他在军中管理细作，甚是能干。"毛都尉身披短小的胸甲，戴着尖顶头盔，穿着军法司骑兵的宽松长裤。

狄公略一躬身，觉得这瘦小的毛都尉神情刻薄，有种狐狸般的狡猾。

"本将正向狄县令介绍案发时的情形。"方将军对两人解释说，"我们不妨听听他的高见。"

刚进来的两个人都不作声，还是石朗都尉先打破这尴尬的沉默。他声音低沉，嘶哑着嗓音说道："期盼县令大人另有良策。我不信孟都尉杀了人，更不用说傻到去射死一个睡梦中的人。"

"高见也无甚用处，"负责军法的毛都尉冷冷地说道，"我们需要的是证据。我们是根据证据裁定他有罪的。"

守捉使紧了紧剑带，遂引狄公来到大拱窗前，指着对面一幢三层楼的屋子，说道："对面的一层和二层没有窗，那是存放军需品的库房。你可看见顶层那扇大窗？那里是军械库。"

狄公见那大窗的外形和尺寸与他所站之处的拱窗一模一样。守捉使回过身，继续说道："苏副使躺在那里，双脚朝向拱窗。我们用稻草人做过实验，证实箭是从军械库那边的拱窗射过来的。当时，那里除了孟都尉并没有其他人。"

"距离甚远啊，"狄公说道，"约有六十尺吧。"

"孟都尉是军寨里的神箭手。"毛都尉插了一句。

"生手断然射不到，"方将军表示赞同，"可老手如果用上弩，就容易多了。"

狄公点点头，沉思片刻，遂又问道："如此说来，这箭不可能是从这屋内射出的吗？"

"不可能。"守捉使断然否定道，"回廊那头的台阶上，四个士卒日夜值守。他们作证，苏副使回来后和石朗进来前，没看到有什么人经过。"

"凶犯会不会是爬墙从窗户进来的？"狄公又问道，"然后用箭刺死苏副使？"见三人一脸的不屑，他忙又道："我不过是想把所有的可能都考虑到。"

"墙面极为光滑，没人能爬得上来。"方将军说道，"哪怕攀登技艺再高，就算石朗也不行。再说，下面庭院里一直有士卒巡视，若有人攀上墙壁，一定会被发现的。"

"如此就明白了。"狄公说道。他将着长长的黑髯，问道："孟都尉为何要杀苏副使呢？"

"苏副使精明能干，但脾气暴躁，有时言语粗鲁。四日前，就因为孟都尉帮高校尉说了几句话，他便当着众军士的面将孟都尉痛骂了一顿。"

"当时我也在场。"毛都尉说道，"孟都尉忍住没发作，但脸色铁青。他对此事耿耿于怀，就……"他故意顿了一下。

"孟都尉先前也被苏副使斥责过。"石朗说道，"他也已习惯了，并未当真在意。"

"将军，"狄公对守捉使说道，"您之前所说高校尉触犯军纪一事，所为何事？"

"只因为高校尉的皮带断了，苏副使斥责他，高校尉还了几句嘴，苏副使便说要严惩不贷。孟都尉帮高校尉说了几句，不想也被苏副使申斥。"

"我亦打算为高校尉说情的。"石朗说道，"晨练结束后，我径直过来找苏副使，就为此事。我盘算着，倘若私下跟苏副使说，他可能就不再追究了。可万万没想到，孟都尉是高校尉的恩人，高校尉却成了孟都尉行凶的人证。"

"何出此言？"狄公问道。

"众人都知道，"方将军长叹一声，"苏副使常在晨练之后回来小睡一会儿。孟都尉则有个习惯，就是晨练后先到军械库操练一会儿长矛，然后再到膳房用饭。小伙子体壮如牛，不知疲倦是怎么回事。前日，孟都尉告诉寨内同僚，说他一夜宿醉，晨练后便不去军械库了。可事实是，他去了！你看，你看见上面那个小窗户了吗？在军械库窗户左边约二十尺的地方。嗯，那是一个存放皮货的库房，司务长也是半个月才去一次。那高校尉总想着在那里找一条新皮带。之前因为皮带旧被苏副使狠狠骂过之后，这个挑剔的穷汉花了好长时间挑选他喜欢的腰带。当他转身走向那扇通向军械库的门时，碰巧朝窗外看了一眼，便看见石朗走进了苏副使的房间。他看见石朗突然在拱窗前停下脚步，弯下腰，然后挥舞着双手、大叫着冲出了屋子。高校尉打开皮货库的门跑下去，想看看对面屋里出了什么事，差点撞上站在军械库摆弄弩的孟都尉。于是，两个人一起冲下楼梯，跟在被石朗惊动的士卒身后。之后，石朗便把我和毛都尉请了过来。到了案发现场，我们很快便判断出那支箭是从哪儿射的。本将认为嫌疑最大的便是孟都尉。"

"高校尉可有嫌疑?"狄公问道。

毛都尉一声不响地把狄公带到窗口,指了指外面。狄公抬头一望,虽然从皮货库房的窗户可以看到苏副使的房门和拱窗前面,但若再往里看床榻那个位置,就看不见了。

"孟都尉如何解释自己出现在军械库一事?"狄公问方将军道,"他曾明确说那日不去的,此话当真?"

方将军不悦地点点头,道:"据那蠢汉的说法,那日他本已回屋躺下,却发现苏副使留给他便笺,命他未时正去军械库会面。可是,我等待要孟都尉交出便笺,他却说丢了!正因如此,我等认为他有罪。"

"对他而言,这实在是糟糕。"狄公点头说道,"孟都尉不知道高校尉会去皮货库。要不是高校尉惊扰,他会在事后偷偷溜回屋,也便没有人会怀疑他。"狄公走到木桌前,拿起铁头盔旁边的箭。此箭大约四尺长,比想象中的要重。铁箭头长而尖,顶端有两个险恶的倒钩,上面沾有一些褐色的斑点。"我想这就是杀死苏副使的箭吧?"

守捉使点点头。"箭上有倒钩,"他说道,"我们费了老大劲才把它拔出来。"

狄公仔细端详手中这支箭,见红漆箭杆尾端饰有黑色羽毛,铁箭头下还用红布紧紧加固。

"箭无甚出奇,"毛都尉不耐烦地说道,"无非军中常见之物。"

"本县见红布条已破，"狄公说道，"沿箭身有锯齿状绽裂的痕迹。"

其他人未置可否。狄公的话似乎并未让他们感到有什么独到之处。不过，他也并不在意这些。他叹了口气，把箭放回桌上说道：

"不得不说，此案对孟都尉实在不利。他有杀人动机，有行凶的时机，还有行凶所需的特殊技艺。容本县再想想。不过，离开军寨前，本县想见一见孟都尉。可否请高校尉为本县带路，如此本县便见过所有与此案相关的人了。"

守捉使打量一下狄公，似有些犹豫，但还是吩咐毛都尉照办。

高校尉领着狄公来到军寨后的大牢。趁此机会，狄公亦不动声色地观察着高校尉。这个年轻人长相俊美，穿着贴身的锁子甲，戴着圆圆的头盔，显得非常匀称。狄公试图与他谈论此凶案，可得到的只是非常简短的回答。这个年轻人要么是被吓到了，要么就是过度紧张。

牢房里，一个巨人正背着手踱步。见二人来到铁栅前，他脸色亮了起来，低沉着声音说道："高老弟，看到你真好！有什么消息吗？"

高校尉怯生生地回道："大人，县令在此，他有话问你。"

狄公叫校尉先行退下，然后对牢房中的巨人说道：

"方将军对本县说，军中要判你蓄意杀人。如果你要提出宽大处理之请求，本县乐意相助。本县的两名随从马荣和乔泰对你

"你这是在包庇，孟都尉！"狄公怒道。（高罗佩　绘）

颇为赞许。"

"大人，我没有杀苏副使。"巨人粗暴地说道，"可他们却硬判我有罪，就让他们砍我的头好了。这是军法，人迟早有一死。没什么好辩解的。"

"倘若你是无辜的，"狄公接着又道，"那意味着凶手一定有个不得已的理由要把你和苏副使都除掉。他送给你的那封假便笺，便是要把你当作替罪羊。这样，疑凶的范围就缩小了。你可曾想过，谁会恨你和苏副使呢？"

"恨苏副使的人太多了。他是个好长官，但治军过于严苛。但凡犯点小事，他动辄鞭打。至于我，我一直以为，自己在这里只有朋友。如果我冒犯了什么人，那也是无意的。所以我想不出什么头绪来。"

狄公心中称是。他思索片刻，接着说道："如实告诉我，凶案发生前一晚，你回军寨后做了什么。"

"应该是早上了！"孟都尉苦笑着说，"大人，那是午夜过后很久了！乘船回来的路上，我酒醒了一点，但仍然很兴奋。守门的校尉是个好人，他扶我回了屋子。我有点讨人嫌，拉住不让他走，硬要他听我说喝得有多开心，说那两个高丽人多有礼貌，对我盛情款待。他们一个姓朴，一个姓义，他们的称呼真够有趣的！"他挠了挠乱糟糟的头发，然后继续说道："真的，校尉保证过几日再来，这样我才让他走。我告诉他，朴、义二人说他们还能弄到大把大把的钱，还打算正式宴请我和我的兄弟们。我衣服也没脱就瘫在了床上，感到无比快活。可次日一早，我就乐不起来了！我头疼欲裂，好在晨练结束后可以回屋小憩。总算熬过了晨练，就在我要上床休息的时候，我看到了那张便笺。我……"

"你没看出来那便笺是假的吗？"狄公打断孟都尉道。

"天知道，我又不练书法！再说，字迹那么潦草。可是，上面有苏副使的印鉴，那可是真玩意儿——我在公文中不知见过几百次。如果没有那个印鉴，我可能还会想是哪个家伙的恶作剧，会向苏副使核查。但有了那个印鉴，便笺便无疑是真的。我立刻赶去了军械库。苏副使不允许别人质疑他的命令！由此，我便惹祸上身了！"

"在军械库时，你可曾朝窗外看过？"

"我为何要看？我想那苏副使随时会来，便检查了几把弩。不过如此。"

狄公仔细看着孟都尉那张宽厚的脸。突然，他走近栅栏，怒喝道："你这是在包庇，孟都尉！"

孟都尉涨红了脸。他一双有力的大手紧紧抓住栅栏，吼道："一派胡言！你一介文官，最好不要插手军中事务！"说罢，他回身又开始踱步。

"悉听尊便！"狄公冷冷说道。他走下台阶，狱卒打开坚固的铁门，高校尉又带他回到二堂。

"那么，你觉得孟都尉此人如何？"方将军问道。

"本县笃定，他不是那种趁人熟睡行凶之人。"狄公谨慎地说道，"不过，人心难测。另有一事，一直以来，承蒙将军将军寨的公文副本转递于我，现在有一份文书不慎被我遗失了，可否再要一份，以补齐县衙的卷宗？公文的编号是申类四〇四号。"

方将军对这个意想不到的请求感到颇为惊诧，但还是命令他的侍从去案卷室拿来文书。

不一会儿，侍从回来，交给方将军两页纸。方将军扫了一眼，遂递给狄公，说道："你看吧，都是些例行公事。"

狄公看到第一页上是一项提议，推举高校尉等三名校尉晋升为都尉，并列出三人的姓名、年龄和入伍年限。末尾盖着苏副使的印鉴。第二页只有寥寥数行，写着方将军请求兵部尽快批准这项提议。上面盖着方将军的印鉴，写着日期，编号正是申类四〇四号。

狄公摇摇头："肯定哪里出错了。丢失的那页公文一定是跟采购物品有关，因为之后的申类四〇五号是申请购买皮具的，上面注明了'参阅申类四〇四号'。由此可见，申类四〇四号肯定跟采购有关，而非人事申请。"

"老天爷！"将军叫起来，"书吏们偶尔犯错，不是吗？嗯，县令大人拨冗来访，不胜感激。待大人对苏副使被杀一案有了定论，请再知会本将。"

狄公往外走时，隐约听见守捉使对他的侍从说什么"迂夫子就晓得公文"。

正午，骄阳似火，寨门前的码头简直如烤炉一般，可当驳船一驶入河道，清风拂面，凉爽宜人。管船的士卒服侍狄公及其两位随从在船尾甲板上坐下，椅子上方有绿篷遮挡，甚是舒适。

待士卒送来大茶壶退下后，马荣和乔泰迫不及待地向狄公问道：

"我的确不知从何入手。"狄公慢悠悠地说道，"种种证据皆对孟都尉不利，可我隐约觉得，那个傻子在替什么人遮掩着什么。你俩可打听到什么消息？"

马荣和乔泰双双摇头。乔泰说道：

"我们和守门的校尉谈了很久。那夜，孟都尉和我们畅饮分别后，回到军寨时，此人正好当值。他和军寨中的其他士卒一样，也喜欢老孟。说真的，他并不介意把孟都尉背到屋里，尽管这绝非易事！老孟扯着嗓子一直在唱淫词艳曲，恐怕把所有人都吵醒了！守门校尉还说，老孟与苏副使没有什么特别的交情，但敬重这位长官有才干，并没有把苏副使经常发怒太当回事。"

狄公不置可否。他许久未发一言，一边饮茶，一边观赏沿河掠过的景致。两岸是绿油油的稻田，可见田间好几处点缀着农人的黄色草帽。突然，他说道："石朗都尉也认为孟都尉是无辜的，但那位负责军法的毛都尉却认定他有罪。"

"老孟常对我们说起石朗。"马荣说道，"老孟是神箭手，而石朗是一等一的攀爬高手。这家伙一身的腱子肉！他是训练士卒攀爬的教头。训练时，他们光着上身，只穿底裤，赤脚攀上旧墙。他们要学会如何把脚趾当作手指来用。当他们找到支点，就把脚趾伸进下面的裂缝里，然后再往上找一个更高的支点，如此重复，直到爬到墙头为止。哪天我也想试试！至于毛都尉，他是个讨厌的家伙，甚是多疑，大家都这么说！"

狄公点点头："据孟都尉说，你们的酒钱是那两个高丽人付的。"

乔泰有点不自然地说道："噢，那是我们跟他俩开了个愚蠢的玩笑！那会儿，大家兴致很高，那姓朴的问我们是做什么营生的，我们说是强盗。他二人信以为真，还说哪天要入伙！我们要付账时，却发现他们已经先付过了。"

"不过，几日后他们会从京城回来，我们打算再与他们见面。"马荣说，"到时，我们会如实相告，那顿就算在我们身上。我们讨厌吃白食。"

"这恐怕会扫了他们的兴致。"乔泰接着又道，"姓朴的和姓义的等着收了那三艘船的钱款后，还准备拿那钱大摆宴席。对了，马兄弟，你听懂那三艘船的笑话了吗？跟我们说了那笔生意之后，他俩笑得几乎都滚到桌子底下去了！"

"我也差不多！"马荣苦笑着说。狄公没有听到最后这句。他陷入了沉思，慢慢地将着黑髯须。突然，他对马荣说道："说说那晚是怎么回事，详细点！尤其是孟都尉的一言一行。"

马荣回答说："好吧，乔兄弟和我去码头上的蟹馆，那里很不错，很凉爽。晚饭时分，我们看到军用驳船靠岸，老孟和另一个家伙下来。两人分手后，老孟来到蟹馆。他说他在军寨累坏了，想着好好吃一顿。如此，我们就痛痛快快地吃了一顿。然后……"

"孟都尉有没有提过苏副使，或是高校尉？"狄公打断他。

"只字未提！"

"他看起来可有心事？"

"他除了想要一个好姑娘，没有别的心事！"马荣笑着回答，"于是，我们去了花船。老孟一到那儿就什么心事都没有了。在甲板上酒过几巡之后，那两个高丽人坐着一艘船来了，喝得酩酊大醉。老板娘使尽浑身解数，也无法让他们看姑娘们一眼。姓朴的和姓义的只想接着喝酒，喝更多的酒，也想和志趣相投的人谈谈心。于是，我们五个人一杯接一杯地斗酒。其他的事，我就不清楚了——还是乔兄弟接着讲吧！"

乔泰冷冷地说道："喝着喝着，你小子就不见了人影，这暂且先不论。午夜后又过了些时辰，我和老孟把两名高丽人送到一艘船上，让船带他们回运河对岸的高丽小城去。然后，老孟和我打呼哨叫了另一条船，我们自己划到了码头。当我把老孟扶到军寨驳船上时，已然是疲惫不堪。我离蟹馆近，便请店老板允许我留宿一晚。就是这样。"

"我明白了。"狄公说。

他又喝了几杯茶。突然，他放下茶杯，问道："我们现在何处？"

马荣看看河对岸，答道："依我看，到蓬莱还有一半的路程吧。"

"叫士卒调转船头，返回军寨。"狄公命令道。

马荣和乔泰想问狄公为何突然有此举动，但狄公只说想去求证一些此前忽略的问题。

回到军寨，当值的侍从告诉他们，守捉使正在与下属开会，讨论刚刚探得的机要军情。

"不用打扰将军！"狄公对侍从说道，"带我去见毛都尉！"

他向一脸惊诧的毛都尉说，想要再看一下凶案现场，并希望毛都尉能一同前往，当个证人。

毛都尉显得比之前更为不屑。他带着三人下了楼，来到苏副使的屋子。他撕下屋门上重新贴过的封条，请狄公入内。

进门之前，狄公告诉马荣和乔泰："我要找一样东西，小而尖，像是尖刺、钉子头一类的东西，大致在屋内这块地方。"他比画了一个四方块，从门开始，到窗拱前面的屋中央。他蹲下身子，开始一寸一寸地检查地板。他的两个随从也依样照做。

"如果你们是在找暗门或者类似的机关，"毛都尉一脸鄙夷地说道，"你们一定会失望的。要知道，这个军寨建成不过是几年前的事！"

"看这儿，我找到了！"马荣大声叫着。他指着窗前的一处地板，一根钉子锋利的尖头从地板中露了出来。

"太好了！"狄公叫道。他蹲下身仔细检查这根钉头。他站起身问毛都尉："若不介意，你可否刮下粘在钉尖上的红色碎片？再仔细看看那边木头上的褐色斑点！"

毛都尉挺直身子，狐疑地看着自己拇指甲上的一小片红布条。

"到时候，"狄公严肃地说，"本县要请你作证，这块碎布条是在钉尖发现的。还有，木头上这些褐色斑点很可能就是人的血

47

迹。"狄公没有理会都尉激动的提问，而是从桌子上取下箭，把它插进钉头旁边的地板上。"这才是箭射出的地方！"他想了想，问道："死者的私人物件和木桌里的物品都去哪了？"

毛都尉被狄公专断的语气激怒了。他冷冷答道：

"那些物品分装在两个箱子里，请守捉使大人封存后，现放在我屋里。当然，我们这些军寨里的人，自然没有县衙的官差们灵敏老练，但该做什么，我还是清楚的！"

"好的，好的！"狄公不耐烦地说道，"带我们去你的屋子！"

毛都尉请狄公在宽大的书案旁坐下，上面堆放着许多公文。马荣和乔泰则站在门边。毛都尉打开一个铁箱，从里面拿出两个油纸包。他把其中一个放在狄公面前，说道：

"这是在苏副使胸甲内的皮袋中找到的，当时皮袋用绳子系着挂在颈上。"

狄公撕掉封条，把皮袋中的物品一一放在桌上：一张折叠的军官身份牌，一张七年前的房契，还有一个方形锦缎印盒。他打开印盒，看到里面是空的，似乎挺高兴。"我想，"他对毛都尉说，"印鉴是在死者的桌屉里发现的吧？"

"正是。印鉴在另一个纸包中。还有，我们在屉内找到的公文。苏副使也太大意了，把私人印鉴随手放在没锁的桌屉内。按规定，印鉴应随身携带。"

"确实如此。"狄公说道。他站起身，又道："另一个纸包，我也无须再看。我们去看看守捉使大人的议事是否已经结束。"

守在议事厅门边的两名士卒告诉他们，议事刚刚结束，正要奉茶。狄公也不多话，径直走进议事厅。

方将军坐在大厅正中的主桌旁。他左首坐着石朗和一位狄公不认识的军官，右首坐着另外两位高级军官，高校尉则在旁边的小桌上整理着一堆文书，显然是刚记录完议事的内容。见狄公进来，众人起身见礼。

狄公径直向方将军的桌子走去。他一边走，一边平静地说道："恕本县打扰，本县来是通报苏副使被杀一案的案情的。既然几位将官都齐了，本县可否在这里升堂审案？"

"如果把毛都尉也算上，倒真是的。"方将军缓缓地答道。

"好极！请把孟都尉带进来吧，如此我们便可合规地升堂了。"

方将军命侍从拖一把椅子到自己的桌旁，然后请狄公坐在自己身边。马荣和乔泰过来，站到狄公身后。

两个兵士端茶进来，大家默默喝着茶。

门开了，四个全副武装的士卒走了进来，孟都尉走在众人中间。孟都尉率性地向正中的桌案行了个礼。

方将军清了清嗓子说道："狄县令受本将委托，调查孟国泰都尉谋杀苏副使一案，我等今日在此，是要听狄县令通报详情，诸位可依此判断，此案是否需要重审。请狄县令讲讲吧。"

狄公缓缓言道："这桩凶案的动机，是阻止苏副使调查一宗狡猾的欺诈案，凶犯从这案中可赚得一大笔钱。

"本县必须提醒诸位注意，采购军寨军需物资的例行程序是：

守捉使大人在议事时起草一份申请，由书吏誊写在正式的公文上，然后转交给副使，副使核对无误后，在每一页上盖上印鉴，然后再把公文交给守捉使，守捉使核查完毕后，在最后一页上盖上印鉴。之后，军寨留下所需的副本，正本放入封套封装，交给驿站，送往京城兵部。"

狄公喝了口茶，继续说道：

"这个制度唯一不足之处在于，如若公文不止一页，那有办法接触到公文的别有用心之人，就有可能只留下盖有守捉使大印的最后一页，毁掉其余各页，用伪造的文书代替，连同最后一页送往京城。"

"绝无可能！"方将军打断道，"其他各页都要有苏副使的印鉴！"

"这就是他被害的原因！"狄公说道，"凶犯窃取了苏副使的印鉴后被发现。不过，在深入解释此中原委之前，本县要先说清楚，多亏军寨的书吏谨守公文的程序，令我寻到行凶之人的踪迹。

"三日前，一份晋升四位校尉的申请让凶犯有机可乘。这份申请最终的正文共有两页。第一页是申请书，附上了这四人的姓名、年龄等内容。第二页仅仅是守捉使对加速办理此事的建议（行文是通用的，请注意！）、日期以及文案编号：申（人事类）四〇四号。第一页上盖有苏副使的印鉴，第二页上是守捉使的印鉴。

"凶犯在公文送往驿站的途中弄到了这份公文。他销毁了第一页，代之以一纸紧急请示，要求从朴、义二位高丽商人那里购买三艘战船，并补充说，兵部将付款给这两位商人——一笔钱！凶犯在这张伪造的纸上盖上偷来的苏副使的印鉴，亲自把它装进封套，写上：呈兵部采办司。最后，他在封套一角按规定写上这份公文的编号，即申类四〇四号。他把重新封好的公文交给了递送公文的书吏；而之前那份要求提升四名校尉的申请书副本则由他亲自归入档中。由于他不熟悉新的分发程序，便没有把其中一份递送给蓬莱县衙。

"事有凑巧，同一日，发送申类四〇四号文书的那位书吏又收到一份编号为申类四〇五号文书，其内容是申请购买皮具。他记得采购和人事这两类文案容易混淆。因此，作为一名优秀的书吏，他在这个申类四〇五号公文文页上加了一句'请参阅申类四〇四号公文'。他虽没有看过申类四〇四号文书，但他记得封套上标注了'采办司'。这位书吏正确分发了申类四〇五号公文的副本，还送给我一份。但当我核查采办类的文书时，我发现申类四〇四号不见了。这令我颇为烦恼。在我看来，文书必须完整。因此，本县来军寨请求守捉使大人再给我一份副本。他给了我一份，但却是关于提升四名校尉的，因此这份文书应属于人事类。"

守捉使一直在椅子上不耐烦地挪动着身子，此刻突然说道："你能否略去这些细节？胡说八道什么三艘战船？"

"凶犯与朴、义两位高丽商人勾结。"狄公平静地答道，"他二人若从京城取得这笔空头买卖的钱款，就打算与凶犯分赃。由于兵部要过些时日才会例行核查，到那时才能发现军寨供给报告与事实有出入，故凶犯有充足的时间携款潜逃。

"这个计划颇为聪明，但他运气不好。案发前夜，孟都尉和本县的两个随从在城里遇到了那两个高丽商人。他们在一起喝酒喝醉了。两个高丽人认为，孟都尉三人是拦路抢劫的强盗，就说了些关于战船以及他们要从京城收到钱款的事情。两个随从向本县报告了这件事，本县便把几件事情联系起来考虑。本县想补充一点，孟都尉回到军寨时，他向守卫的校尉吹嘘说朴、义二人如何慷慨大方，并说还会发财。凶犯无意中听到了这些，并错误地得出结论——孟都尉知道得太多了，这更坚定了让孟都尉成为替罪羊的想法。第二天早上，当得知孟都尉宿醉后不再去军械库时，他给孟都尉送了一张假的便笺，并盖上了还留在手里的苏副使的印鉴。"

"本将没弄明白！"守捉使烦躁地喊道，"本将只想知道：谁杀了苏副使，怎么杀的？"

"够清楚了！"狄公说，"石朗都尉杀了苏副使。"

瞬间一片寂静。过了片刻，守捉使发怒道：

"绝不可能！高校尉看到石都尉进了苏副使的屋子，尔后又离开，石朗甚至都没有靠近苏副使的床榻！"

狄公平静地说道：

"石朗都尉攀壁操练结束后，来到苏副使的屋子，时近未时正。这样想来，他只着小衣，而且是赤足。他未带任何武器，他也无须带，因为他知道苏副使习惯把箭囊丢进壁龛。他计划趁其熟睡时用箭刺死苏副使。

"然而，石朗进来时，苏副使已然起身。他已穿上靴子，正站在床榻前穿胸甲。这样，石朗便没能按原计划刺死他。但是，凶犯这时看到地上有支掉出来的箭，箭头正指向苏副使。于是，石朗过去用两个脚趾夹住箭杆，用力一踢，箭遂飞起插进了苏副使并无防护的腹部。与此同时，为了避免被孟都尉从军械库的窗户看到，石朗造势一番：当苏副使向后倒在床榻时，石朗挥舞着双臂大喊大叫，掩盖了死者的哀号。当他确认苏副使已死，他便走到外面叫来了士卒。一片混乱中，他同守捉使、毛都尉一起回到屋子，把苏副使的印鉴顺手塞进了桌屉里。事情做得天衣无缝，可他忽略了一件事，那就是苏副使被发现时还穿着靴子。这使我想到，苏副使不是在睡梦中被杀死的。他小憩时身穿胸甲，倒也可以理解，因为脱下来要费一番工夫。然而，他既已将头盔扔在桌上，也应在躺下前将靴子脱掉。"

狄公顿了一下。现在，所有的人都盯着石朗。石朗轻蔑地看了一眼狄公，冷笑一声，问道："你如何证明这番鬼话？"

狄公平静答道："眼下可根据你右脚脚趾上一道深深的刮伤。箭头所在之处有一个钉子，锋利的钉头从地板上露出来。当你把箭踢起来时，钉头刮裂了绕在箭杆上的红布条，还划伤了你的脚趾。地板上有些微血迹。最后，待拘捕了朴、义二人，兵部追踪到造假的文书，证据就齐了。"

石朗脸色发青，嘴唇抽搐。但他定了定神，镇定地说道："你不必等那些个。是我杀了苏副使。我欠了许多债，需要钱。十日之内我就会告病辞官，永不回来。我并非有意杀苏副使。我本来想把印鉴放在他桌上了事。但他很快就发现了，所以我决定趁他睡着的时候用箭刺死他。但是，进到他屋子的时候，他已经起身。他冲我喊道：'我已然证实，是你偷了我的印鉴！'我以为自己输定了，因为一支箭显然对付不了苏副使。如果孟都尉从那边窗户看过来，定会看到我两人争斗。这时，我看到了地板上的那支箭，便起脚把箭踢进苏副使腹中。"石朗擦去额头上的汗水，最后说道："找个愧疚，苏副使是个卑鄙的混蛋。只是，让孟都尉当替罪羊，我过意不去，不过只能这样。就这么回事！"

守捉使从椅子上起身言道："石朗，摘下你的剑！"石朗摘剑时，悻悻地对狄公说："你这老狐狸，是怎么怀疑到我头上的？"

狄公一本正经地回答："多亏了官样文章！"

雨神谜案

【短篇小说】

第三个故事发生在大约半年后，也在蓬莱县。此时，狄公的两位夫人及孩子已来到蓬莱，在县衙后面的县令私邸里安顿了下来。没过不久，曹姑娘也来了。《黄金谜案》第十五章详细叙述了狄公解救曹姑娘的经历。狄公的大夫人一见曹姑娘，立刻就喜欢上了她，并请曹姑娘做自己的女伴。接着，仲夏季节，酷热多雨的一天，发生了本篇所讲的怪事。

"这个箱子也不行!"狄公的大夫人厌恶地说道,"看这条蓝裙的接缝处都长霉了!"她砰的一声关上红色皮箱的盖子,转而对二夫人说道:"我从来没见过这么炎热潮湿的夏天,还有昨夜的瓢泼大雨!这雨下得无休无止的。帮我一下好吗?"

卧房宽敞,窗户开着,狄公坐在窗边的茶几旁,看着他的两位夫人把两个衣箱放在地上,又开始翻第三个。屋角放着铜火盆,炭火烧得正旺,上面罩着铜丝罩,大夫人的女伴曹姑娘正把衣袍摊在上面烘干。火盆里的炭火气,衣服蒸腾出的热气,让房间里憋闷非常,让人无法忍受,但那三个女人却似乎没什么感觉。

他叹了口气，转身向窗外望去。从私邸二楼的卧房里望去，平日可以清楚地看到的弧形屋顶，此时都笼罩在铅灰色的浓雾中，只能看见模糊的轮廓。浓雾似乎已渗入他的血液，在他的血管里沉闷地搏动着。他觉得很是懊悔，为自己的冲动而懊恼，就不该要找什么灰色的夏季长衫。他就是说了一句，大夫人便翻腾起四个衣箱，然后便发现衣服上长霉了，于是又马上叫来二夫人和曹姑娘。现在，这三个女人都忙着整理衣服，显见是没心思弄什么早茶了，更不用说早饭了。这是他们来蓬莱后的第一个三伏天，因为他在蓬莱刚当了七个月的县令。狄公伸伸腿，感到膝盖和双脚肿胀僵硬。曹姑娘弯腰从火盆上拿起一件白色长衫。

"这件全干了。"曹姑娘抻着衣服说道。当她伸手把长衫挂到衣架上时，狄公留意到她苗条匀称的身段。突然，他严厉地问大夫人道："你就不能让侍女们来做吗？"

"当然可以。"大夫人回头应道，"可我得先看看衣服坏了没有呀。老天爷，看看这红裙，相公！"她又对曹姑娘说："这衣服都霉坏了！你总说这件我穿得好看！"

狄公猛一起身。香露、脂粉的香气混合着淡淡的衣服潮气，让本就闷热的卧房充溢着浓烈的女性气息，刺激着他绷紧的神经。"我还是出去走走吧。"他说道。

"早茶也不喝了吗？"大夫人叫道，眼睛却盯着手中那件红裙上几块褪色的地方。

"我会回来用早饭的。"狄公嘟哝着，"把那件蓝袍给我！"曹姑娘帮二夫人伺候他穿上衣服，关切地问道："这么热的天，穿这件会不会太厚了？"

"好歹是干的。"狄公草草应着，心中却沮丧地想道，曹姑娘所言极是：这厚厚的布料贴着汗湿的后背，就像套了铠甲一般。他咕哝着道别，遂走下楼去。

他快速穿过昏暗的回廊，往县衙后门走去。还好，老朋友洪参军还没来。这洪参军非常了解他，一见面就能觉察出他心情不好，还能猜得出是为了什么。

狄公用自己的钥匙打开后门，疾步走到湿漉漉、空荡荡的街上。这一切到底是怎么回事？他一边在迷雾中走着，一边问自己。当然，首次外任县令七个月来的日子让人颇为失望。最初的几天是令人兴奋的，之后接连发生了胡夫人被杀一案、军寨谋杀案。但从那以后，县衙里就只有单调乏味的一些行政公事：填表格，文书归档，签发许可……在京城，他也有很多文书工作要做，但都是重要的文书。此外，这蓬莱并不都归他管辖。河道以北的整片区域是战略要塞，归军寨管辖；而东城门外的高丽小城也有自己半自治的里正衙署。狄公生气地踢了一脚石头，然后大骂。原以为是一块碎石，没承想却是一块顽石露在外面，把他的脚趾碰得生疼。眼下，曹姑娘的事他得拿个主意出来。昨夜，大夫人与他共枕时，又催他纳曹姑娘为三房。她说，她和二夫人都喜欢曹姑娘，而曹姑娘也觉得没有比这更好的选择了。"再说，"大夫人如往常般坦率，道，"二夫人虽然很好，却没啥学问，如果有一个像曹姑娘这样聪慧伶俐、博学多才的姑娘在身边，大家的生活也会有趣得多。"可是，倘若曹姑娘只是因为他救她于危难之中，出于感激才愿意嫁给他怎么办？换个说法，倘若他不那么喜欢曹姑娘就好了。不过话说回来，娶个自己不喜欢的女人算不算公平？他堂堂一个县令，娶个三妻四妾本很平常，但在他看来，两个夫人便已足够，除非她俩都无法生育。这些事太难，太复杂了。他裹紧长袍，天开始下雨了。

望着通往孔庙的宽阔台阶，他长舒一口气。此处西边塔楼的三层已被改建成小茶馆。他想在那里喝杯早茶，然后再回县衙。

八角形的茶馆，天花板很低，一个邋遢的店小二正倚在柜台边，用铁钳拨弄着小茶炉里的火。狄公很是高兴，那店小二没有认出自己，因为没看出他有作揖道早的意思。他点了一壶茶，要了一条干毛巾，遂在柜台前的竹桌旁坐下。

店小二从竹篮里拿出一条不太干净的毛巾递给狄公。"客官请稍候。水一会儿就开。"狄公用毛巾擦干髯须，小二接着又道："客官这么早出来，想必是听说外面那件惨事了吧？"说着，他伸手朝敞开的窗户一指。见狄公摇头，他便又继续说道："昨天晚上，沼泽地那边的老哨塔里，有个家伙被大卸八块了。"

狄公赶忙放下毛巾："凶杀？你如何知晓？"

"客官，是杂货铺的小哥告诉我的。他来送货时，我正在擦地板。天蒙蒙亮时，他到哨塔去找那个傻妞收鸭蛋，结果看到了血淋淋的尸体。那个傻姑娘正躲在角落啼哭。他冲回城里，向军寨报了案，校尉就带了几个人去哨塔。看，他们在那儿！"

狄公站起身走到窗前，居高临下，见城墙以远，便是芦苇丛生的大片沼泽地，再往北，远处雾蒙蒙的地方，便是灰色的河水。一条夯实的土路从城北的码头一直延伸到沼泽里那座孤零零的破旧砖塔，几个戴着尖盔的士卒正朝码头和哨塔之间的碉楼走去。

"被杀的可是士卒？"狄公赶忙问道。虽然城北由军寨管辖，但涉及平民的案子理应交由县衙审理。

"可能是。那傻姑娘又聋又哑，长得倒不难看。多半是哪个当兵的爬上哨塔要跟她说悄悄话。您懂我的意思吧。哈，水开了！"

狄公瞪大眼睛，只见两名巡察的士卒从碉楼出来骑马往城里走，经过被水淹了的土路时，溅起阵阵水花。

"这是您的茶，客官。小心，杯子很烫。我帮您放在窗台上吧。不，我想起来了，那被杀的不是士卒，那杂货铺的小哥说，那人是住在北门附近的一个老掌柜——小哥见过他。不过，巡卒很快就会抓到凶手的。他们可厉害了！"小二兴奋地用肘轻轻碰了碰狄公。"他们在那儿！我跟您说了，他们很厉害！看到那个戴镣铐的家伙了吗？他正是从碉楼里被拖出来的。他穿着打鱼人的褐色衣裤。好，他们现在就要把他押到军寨去了，然后……"

"与他们何干？"狄公生气地打断了小二的话。他匆匆喝了一口茶，却烫到了嘴。他付了钱，冲下楼去。一个平民被另一个平民所杀，这显然是县衙应该处置的案件！这是个绝好的机会，得告诉军寨什么是不该管的。一次就行。

倦怠的感觉一扫而空。他从街角的铁匠那里租了一匹马，上马向北门疾驰。守卫们见这位衣冠不整、软帽湿透的人骑马过来，吃惊地认出是县令大人驾到，遂赶紧躬身施礼。狄公下马，示意班头跟着他进了城门旁的守卫室。"沼泽地闹哄哄的是怎么回事？"他问。

"大人，老哨塔那里有人被杀了。军寨的人已经拘捕了凶犯，正在碉楼里审问。小人猜测他们正要去码头。"

狄公在竹凳上坐下，递给班头几枚铜钱："叫人给我买两张葱油饼来！"

刚从街摊上买来的葱油饼是新烙的，散发着葱蒜诱人的香味。尽管饥肠辘辘，但狄公却无心享用，热茶烫了舌头还没缓过来，满脑子里想的都是军寨越权处置的事。对此，他感到无可奈何，想着倘若在京城便不会遇到这种烦人的问题。以前在京城的时候，无论品阶高低，官员们都是各司其职。快吃完油饼时，班头走了进来。

"大人，军寨的人已把嫌犯押到了码头边的哨塔。"

狄公跳了起来："带四个人跟我走。"

河堤上，微风吹散了薄雾。狄公裹了裹身上的长袍。"这种天气最易感风寒。"他嘟哝着。一个全副武装的士卒把他让进了哨塔空荡荡的会客厅。

会客厅靠里放着一张粗木桌，后面坐着一个校尉，高个，身披胸甲，头戴着尖顶盔。他正费力填写着一份公文。

"本县狄仁杰，是此地的县令。"狄公先开口说话，"本县想了解……"正说着，猛然见校尉抬起头来，他赶紧打住了话头。只见校尉脸上有一道可怕的白色伤疤，从左脸颊一直伸到嘴角，变形的嘴唇半掩在乱糟糟的胡子中。还没等狄公回过神来，那校尉已起身利落地深施一礼，声音清朗地说道：

"大人光临，在下不胜欣喜。在下刚刚写好给您的呈文。"

他指着屋角盖着的担架说道："那便是死者，嫌犯就关在后屋。在下觉得，想必大人是要把他直接押回县衙大牢？"

"是的。的确如此。"狄公呆呆地答道。

"好。"校尉折起业已写好的文书，递给狄公，说道："大人请坐，倘若大人不急着赶回去，容在下说说对此案的想法。"

狄公坐在桌旁，示意校尉也坐下。他捋着长长的髯须，心内暗忖，似乎与自己预料的不同。

"是这样的，"校尉说道，"沼泽地一带，在下颇为熟悉。住在老哨塔里的那个哑女虽有些痴呆，却从不害人。因此当有人报告说她屋里躺着一个死人，在下立马便想到了奸淫和抢劫，于是便派了手下去哨塔与河岸间的那片沼泽搜查。"

"为何独独搜查那片沼泽？"狄公打断道，"有可能凶手是在路上杀的人，然后再移尸到哨塔，不是吗？"

"不会的，大人。军寨的碉楼位于码头到老哨塔的路上，在下带人奉命在此看守。大人知道，这样做是为了防止高丽细作进入县城。晚上，士卒们还会在路上巡逻。另外，这条路是到沼泽的唯一一条路，所经之处颇为凶险。进了沼泽的人，要么被困在里面，要么被流沙吞噬。当手下发现死者的时候，尸体犹有余温，故推断死者是在黎明前几个时辰被杀的。除了杂货铺那个小子，没见其他人从碉楼经过，故此推测被杀之人与凶犯都是从北边过来的。芦苇荡那边有条狭窄的水道，从老哨塔直通到河岸，熟悉这里地形的人可以从那里溜走而不被碉楼里的人发现。”校尉摸了摸胡子，接着又道：“也就是说，他成功地躲过了巡河队。”

“你的手下是在河边抓到凶犯的吗？”

“他们发现了一个年轻的渔夫，名叫王三郎，藏在灯芯草覆盖的小船中，就在老哨塔的正北方。当时他正费劲地洗着一条沾有血迹的裤子。手下人喊他，他却划着船离开了河岸。于是，弓箭手向船的方向射箭，他还没弄清怎么回事，就被连人带船拖回到岸边。他说他不知道哨塔里死了人，一口咬定是要给哑女送大鲤鱼去，洗鱼时鱼血沾到了裤子上。他说，等天亮了他才去哑女那里。手下人搜了他的身，在他腰带里找到了这个。”

说着，校尉打开桌子上的小纸包，让狄公看那三块亮闪闪的银子。“根据在尸体身上发现的名刺，我等确认了死者的身份。”他把一个大纸袋里的东西全抖在桌上，除了一摞名刺，还有两把钥匙、几枚铜板和一张当票。校尉指着当票继续说道：“这当票就掉在地板上，离尸体很近，想必是从他的长衫里掉出来的。被杀之人是当铺的东家钟朝奉。他在北门附近开了家有名的当铺。有钱人。他喜好钓鱼。在下推测，昨天晚上，钟朝奉在码头上遇到了王三郎，于是便雇他带自己去河里钓鱼。王三郎找借口把老人诱骗到老哨塔以北的荒凉之地，并在那里杀了他。王三郎原打算把尸体藏在老哨塔里。要知道，那哨塔几近废弃，而且那姑娘又只住在二楼。没承想，姑娘醒来时发现了王三郎，因此他只得拿着银子逃走了。大人，在下想说的是，这只是在下的推论，因为那姑娘无法提供有价值的证词。我的手下想从她嘴里问出点什么来，可她只胡乱写了些'雨神'和'黑妖'什么的。之后，她的痴病突然发作，又哭又笑的。可怜呀，不过是与人无害的痴儿。"说罢，校尉站起身，走到担架前，掀起罩单。"这就是尸体。"

狄公俯身一看，见死者身体瘦削，身上穿着一件朴素的褐色长衫；胸前凝着一片片血渍，袖子上沾着些干了的泥；表情平静，但相貌丑陋——灯笼脸，鹰钩鼻歪歪着，嘴唇太薄，嘴巴太大，灰白长发，还秃了一块。

"此人相貌实在不敢恭维。"校尉说道，"这话在下最不该说。"说着，他那残缺的脸不自然地一阵痉挛。校尉扳起死者的肩膀，让狄公看尸体的后背上的伤口。"他是被人从背后用刀刺死的，那把刀正好刺进了他的心脏。他仰面躺在地板上，就在那姑娘的屋里。"校尉放下尸体。"混账渔夫！王三郎杀了钟朝奉后，还剖开了他的胸腹。在下说的是杀人之后。正如您看到的，身体前面的那些伤口并没有流太多血。噢，对了，还有最后一样东西没让大人过目，险些忘了！"校尉拉开桌屉，打开一个长方的油纸包裹，取出一把又长又薄的刀递给狄公，说道："大人，这是在王三郎的渔船上发现的，他说是用来收拾鱼的。上面没有血迹。怎么还会有血迹？回到船上，到处都是水，哪里不能清洗！好了，大人，就是这些。在下想，王三郎很快就会招供。在下了解这种小无赖。他们一开始会矢口否认，只要严加审问，他们就会软下来，然后就会老实招供了。大人，您可还有别的吩咐？"

"第一件，通知死者亲属，让他们来认尸。所以，本县……"

"大人，此事在下已办妥。钟朝奉是个鳏夫，两个儿子现居京城。尸体是林掌柜来认的，他是钟朝奉的生意伙伴，两人住在一处。"

"你和你的手下都干得不错。"狄公说道，"告诉你的手下，把嫌犯和尸体交给本县的守卫。"说罢，他起身又道："校尉雷厉风行，本县不胜感激。此案为民事案件，校尉只需向县衙报告便可，但校尉竭尽全力……"

校尉抬手做了个承让的动作，用奇怪而沉闷的声音说道："大人，荣幸之至。在下曾是孟都尉的手下。我等自当竭尽所能，随时为大人效力。我等俱都如此。"

他业已变形的脸又是一阵痉挛，想必是在笑吧。

狄公回到北城门的守卫室。他决定即刻提审嫌犯，然后再去现场勘查。倘若回到县衙再审，线索有可能会断掉。此案看似明了，但谁也不知道其中还有什么。

空荡荡的守卫室里只有一张桌子，狄公在桌旁坐下来，静心审阅校尉呈转的公文。除了校尉方才说的信息，公文里几乎没什么新的东西。死者名叫钟方，五十六岁；哑女名叫黄莺，二十岁；嫌犯渔夫二十二岁。狄公从衣袖里拿出名刺和当票。名刺上写着钟方的籍贯是并州。当票乃是一张记账的凭据，上面盖着钟家当铺的大红印鉴；典当人是裴氏，典当物为四件锦袍，当银三两，三月后赎回，月息五钱。

班头走了进来，两个守卫抬着担架跟在后面。

"放到那边角落。"狄公命道。接着他又问道："你们认得在哨塔里的哑女吗？军寨的人只说她叫黄莺。"

"是的，大人，是叫这个名字。她是个弃儿，是之前在城门附近卖水果的老妪抚养她长大的。那老妪教她写些字，还教了她一点手语。两年前，老妪去世后，街上的无赖总是缠着女孩，女孩只得住进了哨塔里，靠养鸭子卖鸭蛋为生。人们叫她黄莺，原本是取笑她是个聋子，后来倒成了她的名字。"

"好的。把嫌犯带过来吧。"

守卫们拖着一个矮壮结实的年轻人回来，只见他乱蓬蓬的头发披散着，脸色黝黑阴沉，褐色的上衣和裤子上胡乱缝着几块补丁。他双手被铁链缚住，反绑在背后，另一条细细的铁链缠绕着他光溜溜的粗脖子。守卫按着他跪在狄公面前。

狄公默默打量一下小伙子，思忖着该如何开始审问才好。屋内静悄悄的，只听到外面哗哗的雨声和嫌犯沉重的呼吸声。狄公从袖中拿出那三块银子，问道："你从何处弄到的银子？"

年轻的渔夫讷讷地说了几句，带着浓重的口音，狄公听不太懂。其中一个守卫踢了他一脚，吼道："大声点！"

"这是我的积蓄，是想买条像样的船。"

"你见到钟方是在什么时候？"

那小伙子破口大骂，他右边的守卫遂用剑身砸他的头，让他住嘴。王三郎摇了摇头，这才迟迟疑疑地说道："我只是见过他，因为他经常到码头来。"突然，他又恶狠狠地说道："让我再遇见他，我就杀了他这头肮脏的猪，骗子……"

"可是你去他铺中典当时，受过他的骗？"

"我哪有什么东西去当！"

"那为何骂他是骗子？"

王三郎抬头瞥了狄公一眼，狄公见他那布满血丝的小眼睛里闪着狡黠。小伙子垂下头，阴沉地答道："所有开当铺的都是骗子。"

"你昨夜干什么去了？"

"我已经跟当兵的说了。我在码头的面馆里吃了碗面，就回到了船上。我抓了几条大鱼，把船停在哨塔的北岸，然后小睡了一会儿。我本来打算天一亮就送些鱼给黄莺。"

狄公发现，年轻人讲到女孩的名字时便流露出某种特别的情绪。他缓缓言道："你不承认杀了当铺老板。可是除你之外，只有那姑娘在场，想来是她杀的人。"

王三郎听罢，猛地跳起来朝狄公扑去。他动作太快，好在两名守卫及时抓住了他。他踢打着。突然，他头上猛地挨了一记，身子便向后倒在地上，铁链随之叮当作响。

"你这狗官，你……"小伙子大叫着，挣扎着想爬起来。班头朝他脸上踢了一脚，他的头砰的一声重重撞在地板上。他一动不动地躺着，鲜血从他裂开的嘴唇里流出来。

狄公站起来，俯身看着他一动不动的身子。王三郎已经昏了过去。

"没有本县的命令，不得虐待犯人！"狄公严厉地对班头说道："把他弄醒，带到牢里去。稍后午间升堂时本县再正式审他。班头，你把尸体送到县衙，把详情告知洪参军，并把这份校尉写的公文交给他。告诉他，本县审完这里的几个证人就回去。"他望望窗外，天还在下雨。"给我拿块油毡来！"

狄公把油毡披好，护住头和肩，遂跳上租来的马，一路驰过码头，上了那条通往沼泽的硬土路。

雾已散了一点，狄公一边骑马前行，一边好奇地望着路两旁荒凉的绿色沼泽。芦苇荡里不时有小的沟壑蜿蜒汇成水洼，到处都是大水洼，在灰暗的夜色下隐隐闪着光。一群小小的水鸟突然飞起，发出刺耳可怕的叫声，在荒凉的沼泽上空回响。他注意到，昨夜倾盆大雨过后，河水正在回落，路上虽然没有水，但留下了大片的浮萍。经过碉楼时，哨兵拦住了他。但狄公一出示靴子里的吏部牒文，哨兵就放他走了。

这座老的方形哨塔共有五层，外观朴拙，建在粗粗砍削过的石基之上。拱窗的窗板已然没有了，顶楼的屋顶也塌了，只有两只黑色的大乌鸦栖息在折断的横梁上。

刚走近哨塔，狄公便听到喧闹的嘎嘎声，见几十只鸭子紧紧挤挨在塔下泥泞的池塘边。狄公翻身下马，把马拴在长满青苔的石柱上，鸭子便开始在水里扑腾，烦躁地嘎嘎叫着。

哨塔一层，拱顶低矮，阴暗，除了一堆破旧的家具，别无他物。一段摇晃的窄木梯通向二楼。楼梯栏杆没有了，狄公只得左手扶着潮湿发霉的墙壁往楼上走。

当走进昏暗的空屋子时，他见拱窗下放着一张粗糙的木板床，床上堆着的破布中，似乎有什么东西在动，且有刺耳的声音从打了补丁的脏被子下面传出来。狄公看看四周，只见粗糙的桌子上放着把破茶壶，靠墙放着一条竹凳；屋角一个砖砌的炉灶上支了口大锅，灶旁放着个藤条筐，筐里装满了木炭。空气中弥漫着霉味和臭汗味。

突然，被子被扔到了地板上。一个头发又长又乱的半裸女孩从木板床上跳了下来。她瞟了狄公一眼，又发出一种奇怪的、沙哑的声音。她飞快地跑到屋子最深处，跪倒在地，浑身剧烈地颤抖。狄公知道自己的到来惊扰到了她，便从靴筒里取出牒文展开，走向蜷缩在角落里的女孩。他用手指了指牒文上的大红印鉴，然后又指指自己。

她显然明白了。她爬起来，睁着如动物般恐惧的大眼睛盯着狄公。她只穿了一条破裙子，用一根草绳系在腰间。她身材匀称，发育良好，皮肤白得出奇。她圆圆的脸上满是污垢，但并不难看。狄公拉把长凳坐到桌边。他觉得需要一个熟悉的动作来安抚这个受惊的女孩。他拿起茶壶，对着壶嘴喝水，就像种田人那样。

女孩走到桌边，向肮脏的桌面啐了一口，然后沾着唾液，在桌上写了几个歪七扭八的字："王没杀人。"

狄公点点头，遂把茶水倒在桌上，示意女孩擦干净。她顺从地走到床边，拿起一块破布，急切地擦着桌面。狄公走到火炉边，挑了几块木炭，回到桌旁坐下，在桌面上用木炭写道："谁杀的？"

她跪倒在地，浑身剧烈颤抖（高罗佩 绘）

她哆嗦了一下，另拿起一块木炭写道："坏黑妖。"她兴奋地指着那几个字，然后飞快地写了起来："坏妖怪换掉了好雨神。"

"你看到了黑妖？"狄公写道。

她使劲摇了摇头，用食指不停地敲着"黑"字，然后指指自己闭着的眼睛，又摇了摇头。狄公叹了口气。他写道："你认识钟方吗？"

女孩把食指含在嘴里，茫然地盯着这几个字。狄公意识到"钟"字笔画繁复，她不认得，就在字上打了个叉，写成"老头"。

她又摇了摇头，且带着厌恶的表情在"老头"两个字上画圈圈，又加上一句："血太多。好雨神不会再来了。王再没银子买船了。"泪水顺着她脏兮兮的脸颊流下来，她颤抖着写道："好雨神总和我睡。"她指了指木板床。

狄公仔细地看了她一眼。他知道雨神在民间传说中占据着重要的地位，所以在这个早熟女孩的梦境和念头中出现雨神是很自然的事。此外，她提到了银子。狄公写道："雨神长什么样？"

女孩的圆脸上容光焕发起来。她咧嘴一笑，写了几个又大又难看的字："高、俊、好。"她在这三个字上各画了一个圈，然后把木炭扔到桌上，抱着她裸露的乳房，开始欣喜地傻笑起来。

狄公把目光移开。当转身再看她时，她已经把手放下来，站在那里瞪大眼睛呆望着前方。突然，她脸色一变，并飞快地做了个手势。她指着拱窗，发出一些奇怪的声音。他回身一望，铅灰色的天空中有一抹淡淡的亮色，那是彩虹的痕迹。她半张着嘴，孩子般喜悦地望着彩虹。狄公拿起炭笔，问了最后一个问题："雨神什么时候来?"

她盯着这几个字看了很长时间，心不在焉地用手指梳理着长长的、油腻的头发。最后，她趴在桌上写着："黑夜大雨。"她在"黑"和"雨"两个字上画了圈，又写道："他和雨一起来。"

写罢，她立刻用手捂住脸，抽泣起来，声音和下面鸭子的嘎嘎声交杂在一起。他知道她听不见鸭群的叫声，遂站起身，用手扶住她裸露的肩膀。她抬起头，他被她那双大眼睛里的狂野、半疯狂的光芒所震惊。狄公赶忙在桌上画了一只鸭子，然后写上"饿"字。她把手紧握在嘴边，跑向灶台。狄公仔细打量一下门口的大石板，见积满灰尘的脏地板上有一处打扫得干干净净的，显然是死尸躺倒的地方，看来士卒们已清扫了地板。他懊悔起来，自己显然错怪了这些士卒。一阵剁东西的声音传来，他回身一看，见那女孩正在一块粗糙的砧板上切米饼。见她熟练地摆弄着那把大菜刀，狄公心中焦急，不禁眉头紧蹙。突然，她把又长又尖的菜刀插到砧板上，把碎米饼抖入灶上的锅里，然后扭头冲狄公开心地一笑。他朝她点点头，遂走下嘎吱作响的楼梯。

雨已经停了，沼泽上笼罩着薄薄的雾气。狄公一边解开马缰，一边对那些吵吵闹闹的鸭子们说道："别担心，你们的早饭就来了!"

他牵马缓缓地往前走着。雾从河面上飘过来，奇形怪状的云朵飘荡在芦苇荡上空，随后又四下飘散，交织成长长的云丝，就像巨大的水生动物的触须。狄公想更多了解一些影响当地人的古老信仰。在许多地方，人们仍然崇拜男女河神，农夫和渔夫还会在河边向他们献祭。显然，这些事常在这个哑姑娘愚钝的头脑中盘旋，亦幻亦真，让她无法控制自己丰满身体的冲动。狄公策马疾驰。

回到北城门，他让班头带路去往当铺。他们来到一家生意兴隆的大当铺前，班头解释说，钟朝奉的住处就在当铺后院。说着，他指了指通往正门的窄巷。狄公打发班头回去，遂敲了敲黑漆大门。

一个瘦削的男人前来应门，只见他穿着一件干净的褐色长衫，系着绲边的黑色腰带。看面前这位蓄着胡须、浑身湿漉漉的客人，他一脸困惑地说道："我寻思您是要找当铺吧。我可以带您去，我正要去那儿呢。"

"本县是此地的县令。"狄公不耐烦地说道，"本县从沼泽过来，刚看了你东家被杀的现场。我们进屋吧，本县想把在死者身上的遗物交与你。"

林掌柜深施一礼，领着贵客来到一个舒适的小侧厅，里面只放着有几件笨重的红木家具。他恭恭敬敬地请狄公在厅后一张宽大的长榻上坐下。在主人张罗老仆人端茶送饼时，狄公好奇地打量一下靠墙桌上的铜丝大鸟笼，里面扑腾着十几只水田鸟。

"小人东家的嗜好，"林掌柜带着宽容的微笑说道，"他非常喜爱鸟，总是自己喂食。"

林掌柜灰白的山羊胡须修剪齐整，乍一看还以为是富裕的商人，但再仔细一看，便见他的法令纹很深，眼睛大而阴沉，说明此人极有个性。狄公放下茶杯，郑重地对当铺东家的不幸表示同情。然后，他从袖子里拿出信封，抖出名刺、铜钱、当票和两把钥匙。"就是这些，林掌柜。你的东家一般都带很多钱出门吗？"

林掌柜静静地看着这堆物品，捋了捋自己的胡须，说道：

"不，大人，两年前东家便不管铺子了，因此也就没必要带许多钱在身上。不过，昨夜他出去时带的钱肯定不止这几个铜板。"

"他出去是在什么时辰？"

"回大人，约戌时正。我们在楼下用的晚饭。他想沿码头走走，他是这么说的。"

"钟朝奉经常独自出门吗？"

"噢，是的，大人！他习惯独处。两年前他夫人去世后，他几乎每隔一个晚上便出去散散步。他总是一个人在楼上的小书房里用饭，尽管我就住在楼下的西厢房。不过，昨夜因为有事要谈，他便下来和我一起吃饭。"

"林掌柜，你尚未成家？"

"没有，大人。哪有时间娶妻啊！当铺的本钱是小人东家出的，但大部分生意实际是由小人打理。他不管当铺的事之后，便很少去铺子里了。"

"本县明白了。再说说昨夜，钟朝奉可说过他何时回来？"

"未曾提起，大人。他吩咐仆人说不要等他。您知道，小人这位东家喜欢钓鱼，如果天气不错，他就雇条船，在河上钓鱼过夜。"

狄公慢慢点了点头："军寨的人说，他们抓了一个叫王三郎的年轻渔夫。你家东家常雇他的船出去吗？"

"那小人就不知道了，大人，要知道，码头上有几十个渔夫，大都想多赚几个铜板。如果小人的东家租了王三郎的船，并因此招来横祸，倒也不足为奇。因为那姓王的是个粗暴的恶棍。小人认识他，小人自己也喜欢钓鱼，常听人谈起他。那是个暴躁孤僻的后生。"林掌柜叹了口气，"小人想和东家一样能常出去钓鱼，只是没有那么多时间……嗯，多谢大人把这些钥匙带来。幸亏王三郎没有把这些钥匙丢掉！较大的那个是小人东家书房的钥匙，另一把是存放重要文书的保险箱的钥匙。"林掌柜伸手去拿钥匙，但狄公却把钥匙一捞，放进了自己的袖子里。

"既然本县来了，"狄公说道，"本县该去看看钟朝奉的文书卷牍，林掌柜。这是一桩凶杀案，在案件告破之前，死者的文书暂交县衙处置，以找到破案的线索。请带本县去书房。"

"这个当然，大人。"林掌柜领狄公上了楼，指了指过道尽头的门。狄公用大一点的钥匙打开了门。

"有劳林掌柜。稍后本县便下楼。"

狄公走进小书房，锁上身后的门，便推开那扇又低又宽的窗户。迷雾蒙蒙，邻近屋宇的房顶微微闪着亮光。他转过身来，看见窗前放着红木书案，遂在书案后宽大的太师椅上坐下。他漫不经心地看了一眼椅子旁边地板上的铁盒，身子向后靠了靠，若有所思地打量了一下书房。小书房窗明几净，陈设朴拙；一尘不染的白色墙壁上挂着两轴精美的山水画卷；坚实的乌木壁桌上摆放着一只细颈白瓷花瓶，花瓶里插着几支枯萎的玫瑰；装裱精致的书卷整齐摆放在斑竹小书柜上。

狄公抱着双臂，心内疑惑，这雅致的书房倒更像是儒士的书房，而非当铺老板的。这里会与那几近毁弃的哨塔黑屋子，与那散发着腐臭、懒散和贫穷气息的地方，有关联吗？沉思一会儿，他摇了摇头，弯腰打开铁盒，见里面的东西井井有条，与屋里的整洁相称：一捆捆的文书，每捆都用绿色丝带扎紧，上面挂着标签。狄公挑出标有"私信"和"票据"的两捆文书。"私信"包括几封关于本钱投放的重要书信，还有与儿子们的往来书信，主要是就家务事征求钟朝奉的意见。狄公目光犀利，扫过第二捆文书，便立刻发现死者生前过着俭朴、近乎清苦的生活。突然，他眉头一皱。他发现了一张粉色票据，上面盖着妓馆的印鉴。最早的票据大概在一年半以前。他迅速翻看着票据，发现了其中有六张票据相似，最近的一张是六个月前。显然，在夫人去世后，钟朝奉常去青楼，期望从欢恋中得些慰藉。但是，他很快发现，这种期望徒劳无益。狄公叹了口气，遂打开盒底的一只大信封，上写着"遗嘱"两字。日期是在一年前，遗嘱中写明，钟朝奉的丰厚田产以及三分之二的钱财都将归他两个儿子所有，剩下的三分之一的钱财和当铺则留赠给林掌柜，以"嘉许他多年来的忠心操劳"。

狄公把文书放回原处，又起身去检查书柜。他发现，除了两本折角的辞书外，其中大部分是诗集，收录了前朝最具代表性的抒情诗全集。狄公抽出一册，看到上面每个难读的字都用红笔写着注释，笔迹笨拙，字不成体。他缓缓点了点头，把书放回原处。是的，他现在明白了。钟朝奉从事的典当行排斥个人的感情。他那丑陋的脸让他不太可能产生温柔的爱慕之情。然而，在内心深处，他又是一个浪漫的人，渴望生活中的阳春白雪。而对于这些渴望，他却很难为情，羞于启齿。作为一个商人，他粗通文墨，所以在这间紧锁的小书房里，他借助辞书，费尽心力地苦读诗集，以提高文学修养。

狄公重又坐下来，从袖子里拿出折扇，一边扇着扇子，一边琢磨这个不寻常的当铺东家。能了解这个人敏感天性的唯一方式，便是他钟爱的鸟，从楼下的水田鸟便可看出一二。最后，狄公起身待要把扇子放回袖子里，突然又停了下来。他心不在焉地看了一会儿扇子，然后放在桌上，又扫视一眼书房，这才走下楼去。

林掌柜要给狄公重上一杯茶，但狄公摇摇头。他把两把钥匙递给林掌柜，说："本县得回县衙去了。在你东家的文书中，本县并未发现他与什么人结怨，所以这个案子就是这么回事，即谋财害命。对一个穷人来说，三两银子是一大笔钱。那些鸟缘何飞来飞去？"狄公走近笼子："啊哈，水脏了。林掌柜该叫人把水换掉了。"

林掌柜咕哝了几句，拍了拍手。狄公在袖子里摸索着，喊道："本县太糊涂了！居然把折扇落在楼上桌子上了。林掌柜可否去为本县取来？"

林掌柜跑上楼，老仆走了进来。狄公交代鸟笼里水槽的水应该每日都换的，老仆摇着头说："小的告诉林掌柜了，但他不听。他不喜欢鸟。我家老爷如果在，就宠这些鸟，他……"

"是的，林掌柜说，昨晚他和你家老爷就是因为那些鸟起了争执。"

"是的，大人，他们俩都很激动。为了啥事，大人？我来喂米时，只听到几句跟鸟有关的话。"

"不打紧。"狄公急忙说道。他听见林掌柜下楼来，说道："好，林掌柜，多谢香茗款待。一个时辰后，你来县衙档案馆，带上有关已故钟朝奉家产的紧要文书。县衙主簿会协助你填写正式的格目，并登记钟朝奉的遗嘱。"

林掌柜向狄公连连道谢，恭恭敬敬地将狄公一直送到门口。

狄公回到县衙，吩咐守门的衙役把马还给铁匠，然后径直去往档案馆后的私邸。老管家说洪参军正在二堂等候。狄公点点头说："告诉侍候的下人，本县要沐浴。"

浴室旁是一间青瓦更衣室。狄公迅速脱去被雨水、汗水浸透的长袍，感觉身体和精神都被弄脏了。仆人为他冲凉，使劲为他搓背。但等狄公在倒了热水的浴池里泡了一阵后，这才感觉好些。之后，他让仆人按摩双肩。擦干身体后，他穿上一件干净清爽的蓝布长袍，戴上薄纱黑帽，就此向夫人们的内宅走去。

早上，夫人们常在花园小屋消磨时光。进屋前，他停了一会儿，为眼前温馨画面所感动。他的两位夫人穿着薄绸花裙，和曹姑娘一起坐在敞门前的朱漆小桌旁。围墙内的这座假山花园里，种着蕨类植物和高大的、沙沙作响的竹子，给人一种清新沁凉的感觉。这是他的世界，一个明净的天堂，远离外部世界残酷的暴力和令人厌恶的堕落，而职责所在，他不得不应付那些。此时此地，他决意要永远保护他和谐的家庭生活。

他的大夫人放下手中的刺绣，赶忙迎上前来："准备好了早饭，已经等你半个时辰了！"她嗔怪道。

"对不住。是这么回事，北门那里出了些麻烦事，我得赶去料理。我现在去档案馆，但我会和大家一起用午饭。"大夫人把他送到门口。正要道别之时，狄公低声说道："顺便说一句，关于昨晚说的那件事，我想还是听从夫人的安排。有劳夫人了。"

大夫人欣然一笑，又道声万福，狄公遂沿着回廊向档案馆走去。

洪亮正坐在二堂角落的一张太师椅上，见狄公进来，赶忙起身。洪亮拍了拍手里的公文，说道："大人，收到这份公文时，我松了一口气。您这么长时间不在，我们真为您担心呢！我把犯人已关进大牢，尸体也停在牢房的停尸间里。我和仵作验过之后，马荣和乔泰就骑马去了北城门，看能否帮上您的忙。"

狄公在书案后坐下，斜睨着那堆卷宗，说道："洪亮，送来的公文中可有什么急事？"

"没有，大人，不过例行公事罢了。"

"好。如此午间我们便可商议一下当铺钟朝奉被害一案。"

洪亮满意地点点头。"大人，我从校尉的呈文中看出，此案甚是简单。既然嫌犯已被关了起来……"

狄公摇摇头，道："不，洪亮，依我看，此案并不简单。不过，多亏军寨的人行动迅速，加上机缘巧合，才使得事态明朗起来。"

他拍了拍手，班头应声而入。狄公命他把王三郎带进来。转而他对洪亮说道："洪亮，我知道，县令只应在大堂之上公开审问疑凶。但这不是正式升堂，我不过是跟疑犯谈谈，以厘清思绪。"

洪亮一脸困惑，但狄公并未多做解释，只是翻阅起桌案上新到的公文。班头把王三郎带进二堂。狄公抬起头，见嫌犯的铁链已被除下，但他黝黑的脸还是如以前一样阴沉。班头按着他跪下，然后手拿着重重的鞭子站在他身后。

"你可以出去了，班头。"狄公草草吩咐道。

班头忧虑地瞥了洪亮一眼。"大人，这人可是个凶残的暴徒啊。"班头怯怯地说道，"他没准会……"

"听本县的吩咐，下去！"狄公厉声说道。

班头惴惴不安地退下。狄公往后靠在椅子上，聊家常似的问那渔夫："三郎，你在河边住多久了？"

"从记事起便住在那里。"年轻人低语道。

"那是个奇怪的地方。"狄公悠悠地对洪亮说道，"今早本县骑马穿过沼泽时，看到奇怪形状的云四处飘动，还有几缕雾，看似长长的手臂从水里伸出来，好似……"

年轻人仔细听罢，急急打断说："这些东西还是少讲为妙。"

"好的，三郎，这些东西你都知晓。暴雨之夜，沼泽里发生的事，你知道的肯定比我们城里人知道得多。"

王三郎用力地点点头。"我见过许多东西。"他低声说，"亲眼所见。它们从水里出来，有的害人，有的会救溺水的人。不过，还是离它们远点好。"

"没错！但是，三郎你胆敢插手它们的事。看看你现在的处境！被抓起来，让人又踢又打的，还被当作杀人凶手！"

"我说了我没杀他！"

"是的。但你知道他是被谁，或是被什么杀了的吗？不过，你在他死后还拿刀捅他，捅了好几下。"

"我看见红色的……"王三郎嘟哝着，"如果我早知道，我就会割断他的喉咙。我亲眼看见，这只耗子，他……"

"闭嘴！"狄公厉声打断王三郎，"你在死人身上捅刀子，这种行径既卑鄙又懦弱！"狄公继续说着，语气平缓了一些，"不过，为了替黄莺开脱，即使非常生气，也不替自己解释，本县对你之所为可以不理会。你和她相处多久了？"

"一年多了。她可爱又聪明。别信人家说她是个傻子！她能写一百多个字，而我才认得十几个字。"

狄公从袖筒里拿出那三两银子，放在桌上。"把这银子拿去吧，这是她的，也是你的。买条船，娶她。她需要你，三郎。"王三郎抓起银子塞进腰带。狄公接着说道："你须得回牢里再待几个时辰，在洗脱杀人罪名之前，本县不能释放你。之后，你就自由了。王三郎，要学会控制自己的脾气！"

狄公拍了拍手，班头马上走了进来。他一直在门外等着，准备一有麻烦就冲进来。

"班头，把犯人带回大牢。再把林掌柜带进来，他应该已经到了档案馆。"

洪亮越听越诧异。他一脸疑惑地问道："大人，您跟这年轻人说了些什么？我压根就没听懂。您真的要放他走吗？"

狄公起身走到窗前，望着沉闷潮湿的院子，说道："又下雨了！洪亮，我刚才说什么？我只是想试探一下，看王三郎是否真的相信那些所谓的怪诞之说。总有一天，洪亮，你可能想着要在档案馆里找一本关于此地民俗的书。"

"可是，大人，您不是不相信那些胡言乱语吗？"

"是的，我不信。一点儿也不信。可我觉得，应该读一下这方面的书，因为这些事很影响当地百姓的生活。给我倒杯茶好吗？"

洪亮出去沏茶，狄公重又坐了下来，埋头批阅案上的那堆公文。当他喝完第二杯茶，听到有人敲门。班头把林掌柜领了进来后，小心翼翼地退了出去。

"请坐，林掌柜！"狄公和蔼地对客人说道，"想必县衙主簿已经告诉你如何填写那些必要的文书了？"

"是的，大人。确实。刚才还在和主簿核查田产，还有……"

"根据一年前拟订的遗嘱，"狄公打断了林掌柜的话，"钟朝奉把田产和三分之二的钱财都留给了他的两个儿子，这你是知道的。而余下三分之一的本钱，还有当铺，他留给了你。你打算继续经营当铺吗？"

"不，大人，"林掌柜淡淡一笑，答道，"小人没日没夜在当铺里干了三十多年。小人要把它卖掉，然后用这些钱付房租过日子。"

"正是。但是，倘若钟朝奉还写了一份遗书呢？加了一条，明确指出你只能拿到当铺呢？"林掌柜的脸色倏地变了，狄公继续说道："买卖虽然兴隆，可要攒够钱养老还得再干个四五年，林掌柜年纪也大了吧。"

"不可能！他怎么……怎么会……"林掌柜结结巴巴地说道。随后他叫了起来："你在他的铁盒里找到了新的遗书？"

狄公没有回答他的问题，只是冷冷地说道："林掌柜，你那东家有个相好。她的爱对钟朝奉来说，比什么都重要。"

林掌柜跳了起来："您是说这个老蠢货把他的钱留给那个又聋又哑的娼妇？"

"是的，林掌柜，从昨夜钟朝奉告你实情之后，你们为此大吵了一架。不，你别想抵赖！你家的仆人听见你们的争吵，会在堂上作证。"

林掌柜跌坐在椅上。他擦了擦汗湿的脸，镇定下来，开口说道："是的，大人，小人承认，当东家昨天晚上告诉小人，说他爱那个女孩，小人非常生气。他想把她带到一个遥远的地方，和她成亲。小人想让他明白，那样做是多么愚蠢，但他叫小人少管闲事，还怒气冲冲地跑了出去。小人不知道他会去哨塔。大家都知道，那个混蛋年轻人在和那个傻妞鬼混。王三郎惊动了他俩，杀了小人的东家。很抱歉，今天早上小人没有向您提及这些，大人。小人没能向已故的东家妥协……既然您已经逮住了凶手，大堂之上，一切都会水落石出……"他摇了摇头又说："小人也要承担一些责任，大人。昨天夜里小人就该跟着他，小人就该……"

"可你确实跟着去了，林掌柜，"狄公简短地打断了他，"你也爱钓鱼。和你的东家一样，你对沼泽很了解。一般情况下，人是无法通过沼泽的，但一场大雨过后，水涨了起来，经验丰富的人可以划船沿着涨水的沟壑与池塘穿过沼泽。"

"不可能！那条路上整夜都有士卒巡逻！"

"林掌柜，倘若蹲在小船上，便可以在高高的芦苇掩护下躲过搜索。因此，你的东家只在大雨过后的晚上去塔里。所以那个可怜的傻妞才会把那不速之客当成雨神，一个超自然的存在。因为他随雨水而来。"狄公叹了口气。突然，他用锐利的目光盯着林掌柜，严厉地说道："昨夜，当钟朝奉告诉你他的计划时，你明白，长久以来对于未来好日子的期盼都烟消云散了。所以林掌柜，你尾随钟朝奉到了哨塔，并把刀刺进了他的后背，杀了他。"

林掌柜双手扬起："多么绝妙的推断啊，大人！如此中伤小人，您有何证据？"

"凭遗物中一张裴姓夫人的当票，当然还有其他的证据。这当票是军寨的士卒在罪案现场发现的。倘若如你所说，钟朝奉已不过问生意了，那么，他为什么要带着当票呢？"林掌柜沉默不语。狄公又说道："一时冲动，你决定杀死钟朝奉，便追了上去。那是晚饭过后半个时辰。附近的一个掌柜如往常一般向外张望，正好看到你从街上经过。还有，在码头上，就是你乘小船离开的地方，周围的人也格外多，因为眼看要下大雨了。"林掌柜眼中骤然闪现一丝惊恐，这是狄公等待的最后一个证据。最后，他用平静的口吻说道："林掌柜，你如果现在认罪，让本县省去筛选人证的麻烦，本县会为你说情，请求对你的死刑判决从宽处理。因为，你不是预谋杀人。"

林掌柜茫然地望着前方。突然，他苍白的脸被愤怒扭曲了。"那个卑鄙的老色狼！"他唾骂道，"那些年让我汗流浃背、任劳任怨……现在他要把所有辛苦挣来的钱都花在一个痴呆的贱货身上！我给他挣的钱……"他目不转睛地盯着狄公，声音坚定地说道："是的，我杀了他。他应得的。"

狄公示意洪亮叫人。洪亮走到门口时，狄公对林掌柜说："午间升堂时本县要听到你的全部供词。"

直到洪亮领着班头和两名衙役进来，两人便再也没有说话。衙役们给林掌柜戴上铁链，把他押了下去。

"大人，这案子真醒醐。"洪亮黯然说道。

狄公喝了一口茶，举起杯子示意添茶："应该说是可悲。洪亮，如果林掌柜不想将王三郎置于死地，我甚至会怜悯他。"

"王三郎在案中是个什么角色，大人？你上午都没问他做了些什么！"

"没必要问，事情已经非常清楚了。黄莺告诉王三郎，晚上雨神要来找她，有时还会给她钱。王三郎认为，她和雨神有关系是一种莫大的荣幸。要知道，五十年前，在我们大唐的许多河区，人们每年都要向当地的河神献祭童男或童女，直到官府后来干预。今天早上，当王三郎到塔里给黄莺送鱼时，发现她屋里躺着个死人。哭泣的黄莺让他以为，是妖怪杀死了雨神，并把他变成了一个丑陋的老人。当他翻过尸体认出老人时，他突然明白，自己和黄莺被骗了。他勃然大怒，拔刀又捅了老人。事后，他意识到这是一起凶杀案，他会因此被怀疑，于是便逃跑了。他的裤子上沾了死者的血，军寨的人在他洗裤子时抓住了他。"

洪亮点点头："大人，短短几个时辰，您是如何弄清这来龙去脉呢？"

"起初，我认为校尉的推断是正确的。唯一让我有点顾虑的是，从杀人到死者胸部被刺，中间有很长一段时间。那张当票，我并没觉出其中什么不妥，当铺老板随身带着当日开具的当票，顺理成章。可是，之后我询问王三郎时，他骂钟朝奉是个骗子，这引起了我注意。这是个口误，因为王三郎决意要让黄莺和自己置身事外，以免泄露他俩受骗的真相。当我询问黄莺时，她说'妖怪'杀了她的雨神，还让他变了模样。当时我根本不明白是怎么回事。可是，后来在拜访林掌柜时，我终于摸清了一些事。林掌柜心怀鬼胎，喋喋不休，一再告诉我他的东家根本不过问生意。我想起了凶杀现场发现的当票，开始怀疑林掌柜。直到我查看了死者的书房，对死者性格有了清晰的判断后，我才找到了解决的办法。我从仆人那里得知，林、钟二人前一天晚上为黄莺吵了一架，以此验证了我的推断。'黄莺'这个名字对仆人当然毫无意义，但他告诉我，他们为鸟的事吵得很凶。于是，其他的事便也迎刃而解。"

狄公放下茶杯。"洪亮，我从本案中学到，仔细研习前人的探案笔记是何等重要。笔记中一再指出，调查凶案的第一步是弄清死者的性格、日常生活和习惯。在此案中，正是死者的个性提供了破案的关键线索。"

洪亮捋着灰白的长髯，欣然笑道："大人，由您这位县令大人调查此案，那姑娘和小伙子真的很幸运啊！否则，所有的证据对王三郎不利，他会被判有罪并被斩首。姑娘又聋又哑，而小伙子也不太会说话！"

狄公点点头。他靠回椅内，淡淡一笑道："洪亮，这个案子给我带来了很大好处，一个只属于我且非常珍贵的好处。坦率地讲，今天早晨我有些消沉，甚至有那么一小会儿怀疑自己是不是适合当这官。我是个傻瓜。洪亮，这是一份伟大神圣的职责。身为县令，我才能为那些无处喊冤的人伸张。"

荷塘蛙声

〔短篇小说〕

此案发生在667年（即唐高宗乾封二年）的汉源县。汉源县，一个历史悠久的滨湖小县，位于京城附近。说的是清贫度日的老隐士，住在歌伎云集的柳园之后。一天，他在家中荷塘凉亭赏月时遇害。此案没有人证，至少表面如此。

月色皎洁，他站在荷塘中央的小凉亭里，打量一下花园。他凝神静听，周遭一片静寂。他得意地一笑，望着竹椅上的死者，胸口上露出匕首柄，灰袍上仅留几滴血迹。圆桌上放着一把锡酒壶和两个瓷杯，他端起一杯，一饮而尽，喃喃道："安息吧！你若愚笨些，我还能饶了你，可偏偏你还蠢得碍事儿……"

　　他耸了耸肩，一切顺利。此时已过子时，无人会来这偏郊僻舍。花园另一头，一片沉寂。他看看自己的双手，确认未沾到血迹。随后，他驻足检查一下亭内地面，看看死者对面的竹椅。未留下蛛丝马迹，他现在可以离开，安然无事。

　　突然，他听到身后扑通一声。他吓得转过身来，继而松了口气，原来是只绿皮大青蛙。它从池塘里跳到亭子的大理石台阶上，蹲坐在那里，眨巴着鼓眼睛严肃地看着他。

"别想出声，臭青蛙！"那人冷笑道，"此时可不能有什么闪失！"说着，他伸腿狠踹一脚，那青蛙一下撞到了桌子腿，两条长腿抽搐一下，片刻便不再动弹。他拿起死者喝过酒的那个酒杯，仔细端详一过，遂纳入宽袖中。诸事妥当，他转身离去时又瞥了一眼那只死蛙。

"找你的伙伴去吧！"他轻蔑地说着，边把死蛙踢进了水里。死蛙在荷塘里溅起水花，倏忽间群蛙惊闹，撕破了寂静的深夜。

那人气急败坏，赶紧绕过曲桥，直奔园门。匆匆溜出花园，大门关上，蛙声不再。

过了几个时辰，三个人沿湖骑马回到汉源城。朝霞似火，照着他们褐色的猎袍和黑色的帽子。晨风拂过，湖面泛起涟漪。不过，天很快就热了起来，毕竟正值盛夏。

身材魁梧、胡子浓密的汉子对较他年长且瘦弱的同伴微笑着说道："抓犯人可用打野鸭之法，先设一饵，在一旁持网等待，待鸭禽至，用网套下。"

四个挑着蔬菜的农夫迎面走来。他们赶忙将菜筐放下，跪在路边。他们一眼认出那胡子浓密的汉子就是汉源县令狄仁杰。

"大人，我等在芦苇荡里用力套过许多次了，"那骑在后头的健壮汉子苦笑道，"也就套了些水草。"

"权当作是操练吧，马荣！"狄公别过头对随从说道。接着他对骑在身旁的那位瘦汉子说道："袁先生，若我等每日清晨如此操练，你的药丸可就派不上用场了！"

瘦汉子无奈地笑一笑。此人名叫袁凯，是汉源县最大药行的掌柜，富甲一方，钟爱打野鸭。

狄公策马前行，一行人很快就进了依山傍水的汉源城。行至孔庙前的市集，三人下马，拾级而上到了县衙，由此可俯瞰汉源及湖区。

马荣指了指县衙侧门前站着的矮胖汉子。"天哪！"他叫道，"我可从未见我们的好班头起那么大早，我怕他是染了重疾！"

衙役的班头跑上前来，躬身行礼，急切地向对狄公禀道："禀大人，秀才孟岚遇害。二刻时之前，其家仆匆匆来报，称于园中凉亭中发现家主尸体。"

"孟岚？秀才？"狄公眉头一紧，说道，"入汉源至今一年，本县从未听过此任。"

"大人，他住在郊外旧舍，靠近城东沼泽。"袁凯答道，"他在此地没啥名气，也鲜少入城。听闻，他在京城却备受文士赞誉。"

"我等即刻便去，"狄公应道，"班头，洪亮及本县的另两个随从回来了没有？"

"大人，他们尚未回衙，仍在西界村庄查访。大人今晨离去之后，洪参军派人捎信回来，说尚未查出劫掠银库押运使之贼人线索。"

狄公捋捋长须。"抢劫之事令人忧心！"他焦躁地说道，"押运使刚被抢走十二根金条，现在又发生一桩命案。也罢，本县来料理。马荣，你可认得到秀才家的路？"

"大人，在下知道一条穿过东区的近路，"袁凯道，"可否准在下……"

"当然！班头，你也一同前往。想必你已派两名衙役同孟家家仆去了，以确保现场不被破坏，对吧？"

"这个自然，大人。"班头马上答道。

"你有些长进了。"狄公说罢，见班头得意一笑，遂又冷冷说道，"可惜长进太慢了。从马厩牵过匹马来！"

袁凯骑马在前，带一行人穿街过巷，辗转行至湖堤。待四人骑行至一条巷子，见两旁柳树成行。此地名曰"柳园"，实则城东烟花之地。

"跟我说说孟岚。"狄公向袁凯说道。

"在下与他亦不甚熟，大人，也只拜访过孟秀才三两次，但他看上去颇为温和、谦恭。此人两年前移居汉源，便住在柳园后面一栋乡舍之中。乡舍虽只有三四间，却有个秀丽的大花园，亦有一湾荷塘。"

"他家中人口多吗？"

"不多。他是个鳏夫，迁到本地时，二子俱已成人且留居京城。去年，他于柳园邂逅一青楼女子，遂将其赎出续弦。此女子稍有姿色，其他一无是处，不通诗书，不擅歌舞。孟岚赎娶此女时虽出价不高，但于他而言已是倾其所有了。有人仰慕孟秀才诗名，孟家生计全赖此人送来的微薄年金。在下听闻，这段姻缘亦算圆满。当然，孟秀才大这女子甚多。"

"世人都觉得，"狄公说道，"读书人总得娶个知书识礼的女子吟诗和句。"

"大人，孟夫人甚是娴静，慢声细语，"袁凯耸了耸肩，"而且侍夫有道。"

"孟岚可谓聪明，即便不会吟诗作赋，"马荣低语，"能有贤淑文静且侍夫有道之女为伴，此生足矣！"

柳巷渐窄，接一小径，通"柳园"后面的沼泽之地，那里橡树参天，灌木浓密。

行至一简朴竹门前，四人下马。等候在门口的两位衙役行礼致意，并推开大门。狄公并未急着进去，而是先在偌大的花园里巡视了一番。花园打理得并不好，荷塘四周野花烂漫，杂草疯长。不过，倒也横生些野趣，硕大的荷叶覆盖塘面，偶有蝴蝶慵懒振翅，立于荷叶之上。

"孟岚钟爱此园。"袁凯言道。

狄公点点头，眼睛望向朱漆木桥。此桥通向对岸一座六角凉亭。凉亭以细柱支撑，攒尖绿瓦。荷塘后面，院落深处有一低矮的木屋，但见藤蔓绕屋，后面的大橡树遮盖了大半个木屋。

天气渐渐热了起来，狄公拭去额头上的汗水，走过小桥，其他三人紧跟其后。小凉亭难同时容下四人。狄公打量一下竹椅上瘦弱的尸体，只见他穿一件居家的灰布长袍。他上前摸了摸死者的双肩和耷拉的手臂，起身说道："尸体已有些僵硬，天气闷湿，根本无法判断其死于何时，但不管怎么说，也是在子夜之后。"狄公小心拔出死者胸前的匕首，仔细端详，见匕首锋刃细长，纯色象牙柄为饰。此时马荣撇着嘴说道："大人，看这个没什么用，镇上不管哪家铁匠铺都能买到类似的便宜匕首。"

狄公默默将匕首递给马荣，马荣随即从袖中抽出一张纸裹好。狄公细细打量死者，见他年近花甲，面庞消瘦，五官僵硬，歪咧着嘴，笑得甚是怪异；八字胡和灰白的山羊胡，又长又乱。狄公举起桌上的大酒壶晃了晃，壶内的酒水所剩无几，遂又拿起一旁的酒杯检查。狄公颇感困惑，遂又将酒杯纳入袖中，回头对班头说道：

"传令衙役，用树枝做个担架，然后将尸体抬回衙验尸。"接着，狄公又对袁凯说道："你在那栅栏边的石凳上稍坐片刻，本县去去就来。"说罢，狄公示意马荣跟随。

狄公和马荣重又过了木桥，两人壮硕的身躯踩得纤薄的桥板嘎吱作响。二人绕荷塘行至木屋，门廊下的凉风让狄公稍感舒爽了些。马荣敲了敲门。

一个相貌俊俏但脸色引语的少年开了门，马荣告诉他县令大人来访。少年赶忙返回内室通报，狄公遂在屋内正中摇晃的竹桌旁坐下，见屋内几乎没什么摆设。马荣抱臂立于狄公身后。狄公看看四周，见家具残旧、墙面破败，遂道："显然，杀人不在取财。"

"瞧，大人！作案动机来了！"马荣低语道，"老夫少妻，余下的事就明白了。"

狄公目光一扫，见门边立着一位纤巧的女子，年方二十有五，未施粉黛，面挂泪痕。不过，此女子双眸水灵，弯眉娴雅，唇红肤润，好一个美娇娘！虽说身上青衣色褪，却掩盖不住她婀娜的身段。她惊恐地瞟了狄公一眼，躬身施礼，垂目恭立于一旁，待狄公发问。

"夫人，"狄公声音温和道，"遭此不幸，本县便来打扰，实在抱歉。不过，想必夫人能够体谅，本县当火速缉拿那卑劣之凶手以正法。"夫人点头称是，狄公继续又道："您最后见到尊夫是什么时候？"

"昨夜我夫妇便在这屋中用饭，"孟夫人细语答道，"饭后民妇收拾桌台，夫君于此夜读。后来，夫君看明月当空，便移步花园凉亭，想小酌几杯。"

"他常去亭中？"

"是，夫君隔日便去那凉亭，因夜有凉风轻拂，常哼吟小曲助兴。"

"可常有访客来？"

"不曾，大人！夫君喜独处，不喜受访。偶有访客，也是午后在此屋中待客，只是饮茶。此处恬静，民妇甚是满意，夫君亦体贴至甚，他……"

只见孟夫人眼里含泪，话语哽咽。随即她强自忍住，继续说道："昨夜，民妇暖酒一壶，送至凉亭。夫君说不必等他，他想多坐一阵。听夫君如此说，我便也回屋就寝。今晨家仆猛敲房门，我这才发现夫君不在身边。家仆说，他发现夫君已在凉亭……"

"家仆也在此屋居住？"狄公问道。

"不，大人。他与父亲同住，其父乃柳园最大行院之花匠。家仆仅日间伺候，民妇备好晚饭后他便离去。"

"昨晚可曾听到什么异样动静？"

孟夫人皱了皱眉，答道："民妇醒来过一次，应是子夜时分，当时荷塘里蛙声连连。白日里塘蛙并不喧闹，只避于荷叶下。就连我下塘采莲，也悄然无声。一旦夜幕降临，众蛙雀跃，极易受惊。昨夜喧闹，民妇以为是夫君下了荷塘，或往荷塘里抛了石子所致，民妇便也未在意，又沉沉睡去。"

"明白了。"狄公说道。他轻捋髯须，沉思片刻道："尊夫面无惊恐，必是遭人突袭，一击致命。由此，本县判断，尊夫与凶手相交甚厚，且同坐畅饮。偌大一壶酒，所剩无多，却只有一杯在侧。想必查证酒杯是否遗失甚难？"

"不难。"孟夫人浅浅一笑，答道，"家中仅有七只酒杯，青瓷组杯六只，白瓷大杯一只，皆为夫君常用。"

狄公双眉一扬，见杯子是青瓷的，遂又问道："尊夫可有仇家？"

"大人，不曾！"孟夫人惊呼，"民妇想不出谁……"

"你可有仇家？"狄公打断了孟夫人的话。

孟夫人涨红了脸，紧咬嘴唇。她懊悔地说道："大人自然知道，一年前民妇尚在烟花之地，偶有将恩客拒于门外之事，但民妇确信不会有人……且已时隔良久……"孟夫人渐言渐弱。

狄公起身，谢过孟夫人，劝慰几句后离去。

狄公沿着花园小径一路前行。马荣道："大人，您也该问问她有哪些相好的。"

"我要让你去问这些消息，马荣。你可是仍与柳园那女子往来？我想她的名字是香苹？"

"是桃花，大人。当然还往来！"

"好。你即刻前往柳园，但凡关于孟夫人的烟柳过往，特别是她那些恩客们，让桃花尽数告你。"

"这可是大清早啊，大人！"马荣迟疑地说道，"她还在梦乡。"

"叫醒她便是！快去！"

马荣面有颓色，不过还是快步走向大门。狄公心里暗忖，如果经常让这多情的随从晨间与他那红颜知己相会，没准还能治治他那毛病。通宵过后，这些风尘女子清晨的面容面容不佳。

袁凯站在荷塘边，正与一人闲谈。此人刚来，只见他身材高大，衣着齐整，下巴厚实，面容严肃。袁凯向狄公引见，此人名叫温守方，是新任茶商行会的会首。温守方一旁赶忙躬身行礼，又云未能提早拜访狄公深表歉意。狄公打断他，道："温先生为何清晨来此？"

这突然一问让温守方吃了一惊。他张口结舌道："鄙人……鄙人本是想向孟夫人聊表慰问，亦……欲尽鄙人绵薄之力以助孟夫人……"

"可见你与孟家相交甚好？"狄公问。

"大人，在下方才与守方兄正谈及此事，"袁凯连忙插话道，"并欲在此向大人禀告，当年孟夫人尚未赎身时，在下与守方兄俱想博得孟夫人芳心，然皆未能如愿。我二人心知肚明，凡风尘女子可自行定夺是否愿与恩客一夜春宵，我等也绝无冒犯之意。况且我等敬重孟岚，也欣喜得见他夫妇姻缘圆满。故……"

"说正题吧，"狄公打断袁凯道，"我想你二人可自证清白，昨夜不在孟家附近吧？"

袁凯尴尬地看了看他的朋友。温守方迟疑地说道："不瞒大人，我二人昨夜到柳园最大的行院赴宴。之后我俩……偕伴退至楼上……的温柔乡，个把时辰后方才归家。"

"在下于家中稍憩片刻，"袁凯补充道，"便换上猎服赶往县衙接大人去打野鸭。"

"明白了，"狄公道，"多谢二位相告，省了本县不少工夫。"

温守方看上去松了口气，说道："孟家荷塘着实令人难忘。"二人陪狄公走到花园门口，温守方又道："可惜荷塘里常有青蛙出没。"

"蛙声聒噪，没完没了。"袁凯边为狄公开门边说道。狄公纵身上马，一路返回县衙。

班头在前院迎上狄公，禀明验尸之事已于偏厅就绪。狄公先去了二堂。趁着书吏沏茶之际，狄公给马荣留了封便笺，令其查问袁凯、温守方二人昨夜在行院一事。狄公沉思片刻，又写道："孟家家仆是否归家，见其父一并查知。"狄公封好信，令书吏火速送往马荣之手。随后，狄公草草吞了几块糕点，便来到偏厅，仵作此时已带着两名副手在那里等候。

验尸结果无甚特殊之处，孟秀才生前康健，匕首穿心致命。

狄公命班头先把尸体殓入棺内，下葬时间、地点待定。狄公返回二堂，开始处理待批阅的公文，主簿在一旁协助。

马荣回来时已近正午。狄公打发书吏离开，马荣坐在狄公书案的对面，捻着唇上的短髭，得意地一笑，说道："大人，我去时桃花已然起身！敲门时，她正在梳洗。昨夜她没接客，便早早睡下。她看着比往常还美，我……"

"罢了！罢了！说正事！"狄公生气地打断了马荣的话。他显然是失算了。"想必她告了你许多事情。"狄公接着说道，"你这半日工夫应该没白费。"

马荣嗔怪地看了一眼狄公，郑重其事地说道："大人，跟这些姑娘打交道可得小心。我俩一同用了早饭，我步步试探，才聊到孟夫人之事。孟夫人花名玛瑙，本名石美兰，北方人，乃出身农家。三年前她家乡大旱，饥荒四起，民不聊生，石父便把她卖给龟公，龟公再转卖到现在桃花所在的青楼。玛瑙相当讨人喜欢，鸨母也说当时袁凯追求玛瑙却遭到拒绝。袁凯觉得玛瑙这样做是为了自抬身价，遂不再勉强。可当他另寻了其他姑娘时，玛瑙看上去颇有些悔意。温守方的情形稍有不同。温守方脸皮很薄，玛瑙起初也未答应，温守方便也不再说什么，唯唯诺诺，只敢远远地倾慕。后来，孟岚遇见玛瑙，就把她赎了出来。桃花觉得，那姓温的仍对玛瑙心存念想，经常与其他姑娘谈及，前几日还念叨说玛瑙应该配得上一个更好的男人，而不是这个暴脾气老秀才。据说，玛瑙有一弟，名石明，是个十足的浑小子。此人日日酗酒，嗜赌成性，随姊迁到此地后，花的都是姊姊挣的钱。一年前，他没了踪迹，当时孟岚尚未迎娶玛瑙。七日之前，此人忽然现身，打探他家姊的消息。龟公告诉他孟岚赎娶之事，石明随即便到了孟家。后来听孟家家仆说，石明与孟岚发生口角，虽不知道是为了什么事，但多少涉及钱财。孟夫人当时哭得很是伤心，石明气冲冲地离开后，便再未见其踪迹。"

马荣言毕，狄公未置可否，只慢慢啜饮茶汤，浓眉紧蹙。突然，狄公问道："孟家家仆昨夜可曾外出？"

"未曾外出。已问过他的父亲老花匠及诸邻里。昨晚家仆吃完饭后便直接回家了，倒头便睡，呼噜一直打到天明，他们兄弟三个共卧一床。大人，我想起您交代的第二件事，我打听到昨夜陪袁凯的姑娘叫牡丹，是桃花的好友。他二人午夜时分进到牡丹的房里。一个时辰之后，袁凯称要去赏月，徒步离去。温守方与芳名石竹的俏姑娘为伴，只是石竹今晨有点闷闷不乐。大概是姓温的在酒席上喝得酩酊大醉，躺在石竹房内不省人事。石竹试图叫醒他，却是徒劳。后来，石竹去了旁边屋子打牌，将姓温的丢在那里。一个半时辰之后，温守方醒来，但让石竹扫兴的是，他宿醉得厉害，起来便径直回家了。姓温的宁可走路，也不愿坐轿，按他的话说，是想吹吹风，让头脑清醒清醒。就打听到这么多，大人。我觉得，应将玛瑙之弟石明拿下。这么说吧，孟岚娶了玛瑙，断了石明的财路。是否要让班头去搜寻石明？我知道他长什么样。"

"就这么办！"狄公道。"你先下去吃午饭，晚上还有事要你去办。"

"吃完饭我再打个盹，"马荣心满意足地说道，"今天早上真是忙死了！又是打野鸭，又是杂七杂八的事。"

"说得正是。"狄公嘲弄地说道。

马荣走后，狄公上了楼，那里有一露台，可以俯瞰湖景。狄公坐在宽大的太师椅上，看下人在那准备午饭。私邸就在县衙后面，但他的精力都在孟岚命案上，现在回去也无暇照顾家人。吃罢午饭，狄公将太师椅挪至荫凉处，正欲小憩片刻，洪亮派人送信来，呈上一份长长的公文，详述他在西城的调查情况。他说，银库押运使被劫一案乃是六名匪徒所为。六匪徒击晕押运使，夺走装有金条的包裹，然后大摇大摆地到两县交界的酒馆大吃了一顿。后来，酒馆里来了个陌生人，以面巾蒙着口鼻，酒馆里没人认识他。匪首递给此人一个包裹，尔后这伙人便逃到了邻县的林子里去了。后来，人们在离酒馆不远的沟里发现了一具尸体，面部血肉模糊的，但从衣着上看，十有八九便是那陌生人。仵作经验丰富，检查了死者胃里的残留物，确定曾服毒。金条自是去向不明。"显然劫案是精心谋划，"洪亮于信中言道，"幕后定有黑手。这主谋之人令其同伙雇匪徒先暴力抢夺，然后令同伙取走赃物，而自己则尾随自己的同伙，然后再下药将其杀死。其动机或是不留举证之活口，或是不欲分其一杯羹。为查明此案背后的奸人，我等尚需请邻县协助断案，故恳请大人能来西城一查究竟。"

狄公将公文慢慢卷起。洪亮说得在理，他应当立即前往勘查。然而，孟岚一案亦须他处置。袁温二人虽有行凶时机，但却无动机；孟妻之弟有动机，若果真他是真凶，想必已逃之夭夭。

狄公叹了一口气，斜靠在椅内，捋须深思，不禁就此沉沉睡去。

待狄公醒来，已是日落西山，他不禁懊恼睡过头坏了大事。此时，马荣与班头已在栏柱旁侍立。班头禀报说，已下令缉拿石明，但仍未发现其踪迹。

狄公将洪亮的呈文递给马荣，道："你要仔细读完，稍后打点行装，我们明日一大早便前往西城。另外收到一封户部公文，要求令本县即刻禀明劫案详情，不得延误。少一串铜钱都会让这些老爷们彻夜难眠，更不用说是十几根金条了！"

狄公下楼回到二堂，欲草拟公文呈报户部。然后他命人将晚饭摆在书案上。他心神不定，食不知味。狄公放下筷箸，叹了口气，心想这两起罪案几乎同时发生，真是祸不单行。蓦地，狄公放下茶杯，起身踱步，觉得想到了酒杯可能遗失的地方，他应当立即查证。狄公走到窗边，向院中张望，见周围没有人，遂急忙穿过庭院来到侧门，趁无人注意离开了县衙。

走到街上，狄公拉起领围遮住口鼻，在街角雇了一顶小轿，一路来到柳园最大的行院。他给了钱打发走轿夫，便见行院内灯火辉煌，欢歌笑语，一片嘈杂之声，看来一场欢宴已然开始。狄公快步前行，沿小径行至孟岚的宅院。

行近花园门口，四处寂静无声，柳园之喧闹声亦被树丛隔挡。狄公轻推院门，注视着花园。月光照在荷塘上，花园后面的房舍一片漆黑。狄公绕荷塘走了一圈，然后弯腰捡起一块石头。抛石入池，随即惊起蛙声连连。他满意地笑了笑，遂走到房门口，又把领围拉起来遮住口鼻。他隐身在廊前的阴影里，敲了敲门。

窗内烛光亮起，随后门开了。他听到孟夫人轻声唤道："快快进来！"

孟夫人站在门口，上身赤裸，只在腰间缠了块薄布，秀发披散。狄公拉下遮面的领围，孟夫人发出一声低沉的惊呼。

"本县非你所盼之人，"狄公冷冷地说道，"但本县还是得来。"他走了进去，反手关上了门。他厉声问那簌簌发抖的妇人："你所等何人？"

孟夫人嘴唇动了动，却未出声。

"快说！"狄公喝道。

孟夫人抓着缠腰布结结巴巴地说道："民妇不是在等人，只是闻蛙声而醒，恐有歹徒闯入，便起身一看究竟……"

"叫歹徒赶快进来！你撒谎也要机灵一点！你是在等情郎吧，带本县去你的卧房看看！"

孟夫人一声不响，从桌上拿起烛台，领狄公来到一间小小的厢房。房内只有一张窄窄的木板床，铺着薄席。狄公快步走到床边摸了摸席子，仍有温度。狄公直起身喝问："你常睡这吗？"

"不，大人，这是家仆的房间，他午憩于此。民妇卧房在厅堂另一侧，我们刚才穿过。"

"领我去你的卧房。"

孟夫人领狄公穿过厅堂来到一间宽大的卧房，狄公取过烛台，飞快打量一下屋子。屋内有一张梳妆台、一把竹椅、四个衣箱、一张大床。狄公拉开帷幔，见床上厚厚软软的芦席已然卷起，枕头置于后墙壁龛内。狄公转身面对孟夫人，怒道："本县并不关心你与情郎睡于何处，只需知晓其名，快说！"

孟夫人没有回答，只斜睨了狄公一眼。然后她的缠腰布滑落到地板上，她就一丝不挂地站在那里。她用手捂着身子，羞怯地看着狄公。

狄公回身避开。"此等把戏本县看得生厌，"狄公冷冷地说道，"速速穿衣，随本县去县衙，今夜你就在大牢里睡吧。明日大堂听审，不说实话就要受刑。"

孟夫人默默打开衣箱，开始穿衣。狄公回到厅堂坐下，思忖着孟夫人必是袒护情郎，若要她说出实情颇费工夫。狄公耸耸肩，想着她曾为青楼女，未必会为情拼命。待孟夫人穿戴齐整进来，狄公示意她随自己走。

二人在柳园口碰到了巡夜的更夫。狄公命领头的更夫找一顶小轿将孟夫人送到县衙，交牢头处置，又派四个人至孟宅藏于厅堂内，凡叩访者一律拿下。之后狄公信步而返，一路苦思冥想。

经过县衙门房之时，狄公见马荣正在守卫室与差役们闲谈。狄公把马荣叫到二堂，告之以孟宅之事。马荣悲怆地摇了摇头，说道："孟夫人红杏出墙，情郎杀了亲夫。也好，这么说，此案其实已了结。再劝说一番，想必孟夫人便会说出那情郎的名字。"

狄公呷了口茶，缓缓说道："此案尚有疑点，孟岚被害，库银被劫，两案必有关联，但究竟是何种关联，竟毫无头绪。不过，有两点我想听听你的看法。其一，孟夫人如何与情郎私会？她夫妇二人几乎足不出户，唯有屈指可数之客日间造访；其二，

孟夫人站在门口，上身赤裸（高罗佩 绘）

今夜见孟夫人寝于仆人房中，那里只有一张窄窄的木板床。她为何不在自己卧房内侍候情郎，那床又大又舒服？若孟夫人背着夫君偷情，其夫已死，尊夫重道一说毫无用处。诚然，偷情者无所谓舒适，即便如此，那窄窄的木板床……"

"好吧，"马荣咧嘴一笑，说道，"第一点，若女子决意要玩那把戏，定当有其门道。或许她的情郎就是那家仆，男女私情，与这命案毫不相干；第二点，我常睡木板床，然未曾与他人共卧。不过，我很乐意到柳园去打听一下木板床有什么特别的好处。"马荣满脸期待地望着狄公。

狄公盯着马荣，心却在别处。他缓缓捋须，沉默片刻，忽又笑道："是，我们可以一试。"马荣喜笑颜开，然而狄公接下来的话让马荣变了脸色。狄公道："你速去鱼市后面的红鲤客栈，找到此地的丐帮头头，选常聚于柳园周遭之乞丐，带回县衙。告诉那头头，秀才孟岚被害一案又有重要的线索，我要亲自询问这些乞丐。此事无须遮掩，反之，要让满城百姓皆知，我正为此案传召众乞丐。速去！"

马荣仍坐着没动，只呆呆地望着狄公。狄公又道："若设想无误，孟岚命案及金条劫案皆可勘破。切莫耽搁！"

马荣起身，匆匆跑了出去。

马荣带着四个衣衫褴褛的乞丐回到二堂时，见角桌上摆着几大盘点心和蜜饯，还有几壶酒。

乞丐们惶恐不安，狄公和颜悦色地招呼众人，让他们吃点东西，喝杯酒。乞丐们甚感意外，拖拉着脚步走到桌边，垂涎欲滴地看着一桌盛宴。狄公把马荣拉到一边，低声吩咐道：

"你到守卫室选三名得力的差役，与他们一同候在大门外。过半个时辰，我会打发这几个乞丐出衙，你等尾随众乞丐身后，不得露了行踪。凡遇攀谈者，当即拿下，与乞丐一同押回。"

说罢，狄公转向众乞丐，叫他们不必拘束，享用酒食。众丐茫然，迟迟不动，过了许久才大吃大喝起来。顷刻间，桌上食物被一扫而光。一独眼无赖乃是四乞丐中的头儿。他用手蹭了蹭油腻的胡须，听天由命地对同伴嘀咕道："想必我等是要人头落地了，然此断头餐着实丰盛！"

接下来，令众丐更感意外的是，狄公让他们坐在书案前的脚蹬上，逐一询问众丐祖籍、年纪、家境等琐碎之事。众丐见并无甚难事，遂侃侃而谈，半个时辰晃眼而过。

狄公起身，谢过众乞丐，告诉他们可以走了。之后，他反剪双手，在屋子里踱起步来。

之后的敲门声来得如此之快，狄公始料未及。只见马荣拖着独眼丐走了进来。

"大人，他忽然递给小人一锭银子，小人都没回过神来！"老头哀呼，"小人发誓，绝没偷他的钱袋！"

"本县知道你没偷，"狄公说道，"莫怕，你可留此银锭，只需如实禀告那人所言即可。"

"禀大人，小人沿街行乞之时，那人走过来，强将银锭交与小人，还说若随他而去并告知大人对众乞丐所言，可再得一银锭，小人所言皆为实情，大人！"

"好！你可以回去了。莫用此银两酤酒下赌。"独眼丐仓皇而去，狄公对马荣说道："带犯人来！"

药行掌柜袁凯一进屋便大呼冤枉："在下也是堂堂士绅，怎能说抓就抓！求大人明言……"

"本县请袁先生明言，"狄公冷冷地打断他道，"你为何要在暗处等那乞丐，为何要盘问他。"

"在下只是觉得审讯有趣，大人！想知道是否……"

"本县是否发现了什么你所不知道的线索，对吧？"狄公接过话茬，"袁凯，你便是谋害孟岚之真凶，亦是雇石明联络劫匪之主谋，事成之后又行灭口之实，还不认罪！"

袁凯面色煞白，但话音不乱。他厉声反问道："想必大人已有十足证据，方能定在下这样的罪？"

"确实有。孟夫人曾言，她夫妇二人不曾夜间待客，池中之蛙亦不曾于日间呱叫。然你偶有失言，说起荷塘蛙声，可见你曾夜访孟府。再者，孟岚与行凶之人共饮，凶手留己杯于桌上，取走孟岚专用之杯。孟岚死时面容平和，证明死前遭人投毒，凶手取毒杯于池中清洗，但仍恐留有残毒。银库押运使劫案之同谋也是在中毒后被杀的，故此本县推断，两案乃同一人所为。本县之所以疑心你，只因你是药行掌柜，深谙药性，亦有离开柳园后行凶之时机。你专擅打野鸭，然今晨却毫无所获，皆因你彻夜疲惫之故。你教我用诱饵猎鸭的方法，让本县想到一个简单的方法来证实本县的推断。今晚本县把那些乞丐当作诱饵，就抓住了你。"

"那所谓的动机为何？"袁凯缓缓问道。

"本县从一些与你无关的事情中推断，孟夫人深夜所等之神秘人物乃是石明，孟夫人亦知石明乃负罪之身。七日前，石明到访姊家，因索要银两遭拒而心怀不满，吹嘘你邀其做事并以巨资酬谢。孟岚夫妇素知石明脾性，当听说银库押运使遭劫一事后，发现石明未再现身，便推断其与劫案有牵连。孟岚为人憨实，因劫案之事曾斥责于你，你便动了杀人之心。孟夫人虽欲庇护其弟，然倘若知道你杀了她的丈夫、害死了她的弟弟，她定会和盘托出，揭露你的罪行，袁凯。"

　　袁凯望着地面，喘着粗气。狄公说道："本县当向孟夫人致歉，她虽出身青楼，然为人贞洁，忠爱其夫。虽知其弟不成器，甘以藐视公堂之罪受杖罚，仍欲护其弟周全。好了，孟夫人可以安享富贵，本县将判你一半的财产归她，以偿其夫君之命。适当的时候，想必温守方因情未了也会再向孟夫人求亲。至于你，袁凯，夺人性命罪无可恕，等着被砍脑袋吧。"

　　袁凯猛一抬头，有气无力地说道："皆因那可恨的青蛙！我断其命，踢之入塘，惊了荷塘里的青蛙。"说罢，他又苦涩地说道："我亦甚愚，竟说蛙不能言！"

　　"蛙能言，"狄公平静地说道，"蛙已言。"

跛腿乞丐

【短篇小说】

元宵家宴，狄公姗姗来迟。这元宵宴是漫长的新春佳节的尾声；家宴当晚，家中妇人都要请示神谕，以祈求来年好运。这个故事发生在浦阳，读过《铜钟谜案》的读者定然对此地相当熟悉。书中第九章提及的那位罗县令，反复无常，是狄公的同僚，邻县金华县的县令，而在本篇两个乞丐悲惨的故事中，他扮演了重要角色。

最后一位访客离开后，狄公靠坐在椅内，长舒一口气。他疲惫地望着外面的后花园，暮色渐浓，他的三个儿子正在灌木丛中玩耍。他们把点燃的灯笼挂在树枝上，灯笼上画着八仙的故事。

时值正月十五，元宵灯节，百姓们兴高采烈地在屋子内外挂上形状、大小不一的彩灯，把浦阳城装饰得五彩缤纷。花园墙外，狄公听到人们漫步在集市的欢笑声。

狄公到这繁华的浦阳县出任县令已有一年。整个下午，浦阳的商贾名流们纷纷来到县衙后的县令私邸，向县令大人恭祝佳节。他把乌纱帽往后推了推，用手捂着脸。往日里，他从未在白天喝这么多酒，此时稍感疲惫。他身体前倾，从茶几上的碗里拿出一大朵白色月季，据说它的香味可以解酒。对着花朵深吸一口气，狄公心想，他的最后一位访客，金匠行会的会首凌老爷，着实待得久了一下，好像粘在椅子上一般。狄公得换身衣服，缓一缓，然后再去内宅夫人们那里。此时他的三位夫人正在招呼着仆人们准备元宵家宴。

花园里传来孩子们兴奋的欢笑声。狄公看看四周，见自己那两个大点的儿子正费力地提着一盏大彩灯。

"你们赶紧回来洗洗再玩！"狄公向他们喊道。

"阿贵想独占我和大姊做的漂亮的灯笼！"大儿子气愤地喊道。

狄公正要再叫他们，眼角余光扫见大厅后的门开了。随从洪亮拖着脚步走了进来。狄公看老人脸色苍白、疲惫不堪，遂赶忙招呼道："快坐快坐，喝口茶，洪亮！抱歉今日不得不将衙里诸事都交于你。客人走后，我本该去档案馆做些事，但凌老爷较实在健谈，他刚刚才走。"

"衙里并无大事，大人。"洪亮一边说，一边给狄公和自己倒了一杯茶，"我唯一头疼的便是让衙役们能专心自己的差事。元宵节着实影响他们当差！"

洪亮坐下来，左手小心托着那参差不齐的灰胡子，呷了口茶。

"无妨，毕竟是元宵佳节。"狄公说着，遂把白月季放回桌上，"只要没什么打紧的事，这两天稍宽松些也无妨。"

洪亮点点头。"大人，午前，北城的里正来衙，说出了个事故，一个老乞丐掉进路边的沟里，就在离凌老爷家不远的后街上。老乞丐的头撞到了沟底一块尖锐的石头上，死了。仵作已验过死尸，签了意外死亡的尸格。这可怜的老乞丐，身上只穿了件破长袍，连顶帽子都没戴，灰白的头发披散着。他是个瘸子，想必是在黎明行乞时不小心跌进沟里的。丐帮头目盛八并不认识他。可怜的家伙，一定是从乡下来到城里，盼着元宵佳节能在这儿讨些大钱。如果无人认领，我们明日就把尸体焚化了。"

狄公目光一扫，看见自己的大儿子正拖着一把太师椅在大厅前面的柱子中间钻来钻去，遂厉声喝道："别摆弄那把椅子了，听话！你们三个！"

"是，爹爹！"三个男孩齐声喊道。

孩子们匆匆离开后，狄公对洪亮说道："告诉里正把沟填平，是该找他好好谈谈了！这些家伙应该好好整治一下所管区域的街道。对了，我们都等你来今晚的家宴，洪亮！"

老人面带微笑，感激地躬身道谢。

"属下这便去档案馆锁门，大人！一刻时后就来。"

洪亮走后，狄公想了想，他也该把这硬邦邦的绿锻官袍脱下，换上舒适的常服了。但他不愿离开这清净的厅堂，想着不如再喝杯茶。外面集市已安静了下来，人们都回家用晚饭了。晚饭过后，他们便又会蜂拥到街上，或欣赏彩灯表演，或在路边的酒铺里欢饮。狄公放下茶杯，想着他或许不该让马荣和另外两名随从休班，夜深后，歌坊妓馆难免会发生打斗的事。他提醒自己，要让班头加派人手值夜。

狄公伸手去拿茶杯。突然，他怔住了，目不转睛盯着厅堂后的一个黑影。一个高大的老人走了进来，隐约见他穿一件破旧长袍，长发披散，头上无帽。他一瘸一拐地悄然穿过厅堂，拄着一根弯头拐杖。他似乎未看见狄公，只顾低头走过。

狄公本想喝住老人，问他未经通报闯进来究竟为了什么，但终究还是没有开口。狄公大惊失色，见老人像从大橱柜里飞驰而过，然后无声息地走进花园。

狄公惊跳而起，跑下花园台阶。"老翁回来！"他生气地叫道。

并无回音。

狄公走进洒满月光的花园，花园里空无一人。他赶忙沿着花园围墙在那低矮的灌木丛中搜寻，但一无所获。而通往外面集市的花园小门像往常一样紧锁着。

狄公伫立良久。他不由自主地打战，遂裹紧长袍，想必他是看到那死去乞丐的鬼魂了。

过了一会儿，狄公镇定下来。他猛一回身，回到厅堂，走进通往私邸的昏暗回廊。他心不在焉地应和着守卫。守卫正在大门口点起两盏色彩鲜艳的灯笼。狄公穿过县衙中庭，径直走向档案馆。

文吏们都已回家了，只有洪亮还在那里，借着蜡烛的光整理书案上的公文。见狄公进来，他惊讶地抬起了头。

"我想我需要去看一下那死去的跛腿乞丐。"狄公漫不经心地说道。

洪亮立刻点燃一支蜡烛，送狄公穿过昏暗、空荡的回廊，来到大堂后面的牢房。在侧面的牢房里，一张松木桌上停着一具瘦瘦的尸体，上面盖着芦席。

狄公从洪亮手中接过蜡烛，示意他移开芦席。狄公举起蜡烛，盯着那张毫无生气、憔悴不堪的脸。他皱纹很深，两颊凹陷，但没有乞丐那种粗糙的皮肤。他约莫五十岁；又长又乱的头发，偶有几绺灰白头发；短髭下的薄嘴唇扭曲着，死状凄惨；颌下无须。

狄公掀开打着补丁的长袍下摆，指着其畸形的左腿说道："他的膝盖断过一次，且接得马虎，想必行走时跛得厉害啊。"

洪亮拿起角落里一根长长的弯头拐杖，说道："他个子甚高，全凭这根拐杖支撑。这拐杖也是在沟底找到的，就掉在他身侧。"

狄公点点头，试着抬起死者的左臂，发现已然僵硬。他弯下腰，仔细端详死者的手，然后起身，说道："且看，洪亮！双手柔滑细润，并没有老茧，长长的指甲保养得极好！你将尸身翻过来！"

洪亮把僵硬的尸体翻了过来，狄公仔细检查了头骨后裂开的伤口。不一会儿，他把蜡烛递给洪亮，从袖中掏出一条手绢，小心翼翼地拨开那乱蓬蓬的白发，头发上满是业已干了的血迹。借着烛光，狄公检查一下绢帕，然后递给洪亮，道："可看见这细沙和白色沙砾？想来这些东西是无法在沟底找到的吧？"

洪亮困惑地摇了摇头，慢吞吞地答道："确实，大人。沟底多是淤泥和污物。"

狄公走到桌子另一头，看了看死者的双足，脚掌白净，脚底柔滑。他回身对洪亮严肃地说道："仵作验尸时，恐怕满脑子想的都是晚上的宴席，心思根本没在尸体上。此人并非乞丐，也不是偶然掉进沟中。他是死后才被人扔到沟里的，是被凶犯扔到了沟中。"

　　洪亮点了点头，难过地扯了扯灰白的胡子。"是啊，想必是凶手剥了他的衣袍，为他换上乞丐的衣服。死者长袍之内并没穿衣服，我本该想到这一点的。即使是可怜的乞丐，也会穿些什么在里头的，冬夜如此寒冷。"他又看了看那裂开的伤口，问道："大人，您觉得死者的头颅是被重棒所击吗？"

　　"有这可能。"狄公答道。他将了将又长又黑的髯须，问道："近日可有人来报人口失踪？"

　　"有，大人！昨日凌老爷送来呈条，说他府上私塾的王先生获假外出后本应两日前归府的，但至今未回。"

　　"怪了，凌老爷适才只字未提啊！"狄公嘟哝道，"命班头赶紧备轿！让管家告诉大夫人，晚饭不用等我！"

　　洪亮离开后，狄公依旧站在那里，看着尸体，想到其鬼魂刚刚穿过了厅堂。

　　轿夫刚一落轿，凌老爷便匆匆赶来前院迎接。他一边扶着狄公下轿，一边扯着嗓门叫道："哎呀，哎呀，您大驾光临，在下何德何能？"

　　显然，凌老爷刚从家宴上赶来，浑身散发着酒气，说话也有些含糊不清。

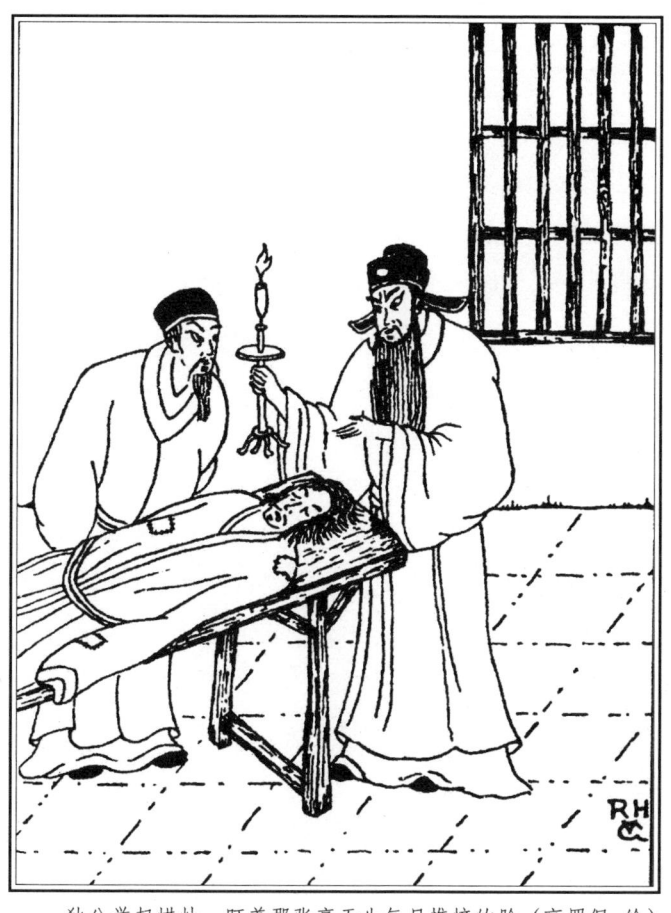

狄公举起蜡烛，盯着那张毫无生气且憔悴的脸（高罗佩 绘）

"只怕并不是什么好事啊。"狄公说道。凌老爷领着他和洪亮来到堂屋。

"你且与我描述下你家私塾的先生，就是失踪的那位。"

"天晓得，真希望这家伙没在外面惹什么乱子！嗯，他长得稀松平常，瘦高个儿，留着短髭，走路一瘸一拐，左腿变形得厉害。"

"他已经死了。"狄公平静地说道。

凌老爷飞快地瞥了狄公一眼，请客人在大桌的上首落座，桌子上方挂着为节日准备的彩绸大灯笼。他自己则坐在狄公对面。洪亮站在狄公身后。管家倒茶时，凌老爷慢吞吞地说道："怪不得王先生歇假后两日未曾现身啊！"这突然的变故似乎让他清醒了许多。

"他去了何处？"狄公问道。

"天晓得！在下对他的私事极少过问。王先生每七日休一日。一般休息日晚饭前离开，次日晚饭时回来。大人，在下知道的就是这些，也是在下应知！"

"他来府上多久了？"

"大约一年了。他是京城一位有名的金匠举荐来的。因府内正需一位坐馆的先生为我的孙儿们启蒙，在下便请了他。王先生好静，举止得体，称职得很啊。"

"你可知他为何离开京城到浦阳坐馆？他可有家眷在此？"

"在下不知。"凌老爷不悦地回答，"除了孙儿们的学业，在下无意探听他的私事。"

"传你的管家来！"

凌老爷在椅子上回身向徘徊在宽敞厅堂后的管家招了招手。

当管家走到桌前行礼时，狄公对他说道："王先生遭遇意外，衙门要通知其亲属，你应知晓他家人在何处吧？"

管家不安地看了主人一眼，然后结结巴巴地说："他……据小人所知，王先生在浦阳并无亲眷，县令大人。"

"那王先生歇假时去了何处？"

"他从未与小人说起，大人。小人想，他可能是去拜访朋友了吧。"见狄公疑惑，他很快又说道："大人，王先生一向沉默寡言，从不谈及自己的私事。他喜欢独处，空余时间都待在后院的小屋中。他唯一的消遣就是在花园中散步。"

"他可与人有书信往来？"

"据小人所知，没有，大人。"管家犹豫了一下，又说，"他偶然谈起他在京城的生活，小人猜测，他的妻子已离他而去。她似乎十分悍妒。"他焦急地看了主人一眼，但见凌老爷目不转睛地盯着前方，似乎并未听他说话。他定定心，继续说道："大人，那王先生没有什么家私，且十分节俭。他馆俸银子一分都不舍得花，歇假时连轿子都不曾坐过。但从一些细节可以看出，想必王先生曾是个有钱人。小人想，他或许还做过官，因为时不时地，他会用一副官老爷的口吻对小人说话。小人知道，他失去了一切，钱财和官职。但他似乎并不介意。一次，他对小人说：'花钱不尽兴，钱财有何用；钱财都散尽，做官也无益。'这么一位有学问的先生竟说出这样的话来，未免太过轻浮了，小人是这么想的，大人请恕小人冒昧。"

凌老爷盯着管家，冷笑着说："你好像在这个家里闲得无聊啊！不去管束下人，倒有空说闲话！"

"让他说！"狄公打断凌老爷，回身对管家说道，"王先生歇假，进进出出都在你眼皮底下，你难道竟一点行迹都不知晓吗？"

管家皱起眉头，回答道："嗯，让小人吃惊的是，王先生出去时总是兴高采烈的，但回来时却总是哭丧个脸。他总是郁郁寡欢的。不过，大人，他倒从未误过坐馆授课。小姐那日还说，王先生总能为她答疑解惑。"

"你只提到王先生为令孙启蒙，"狄公厉声对凌老爷说道，"怎么现在又冒出个小姐来了？"

凌老爷瞪了管家一眼，舔了舔嘴唇，答道："以前是的。小女已于两个月前出嫁了。"

"本县明白了。"狄公从椅子上起身，吩咐管家道，"带我去王先生房中看看！"说着，他示意洪亮跟上。凌老爷起身也想跟去，狄公说道："凌老爷就不用跟着了。"

管家领狄公和洪亮穿过迷宫般的回廊，来到宽敞的后院。管家打开一扇窄门，举起蜡烛，带他们进了一间陈设简陋的小屋。屋里只有一张竹床、一张书案、一把高背椅以及放着几本书的竹架，还有一口黑色的皮箱；墙上挂着好几轴长卷，上面绘着水墨兰花，画功了得。顺着狄公的目光，管家说道：

"这是王先生唯一的喜好，大人。他酷爱兰花，深谙培育兰花之法。"

"那为何他房中没有摆几盆呢？"狄公问道。

"小人不知，大人。小人猜他是买不起吧——兰花太贵了，大人！"

狄公点点头，从书架上拿起几本折角的书，粗粗翻看一下，皆是些不值钱的艳体诗集。随后，他又打开衣箱，见里面塞满了破旧衣衫，但材质尚可。箱子底部有个钱盒，却只有几文钱。狄公回到书案前，抽屉没有锁，里面只是些寻常的笺纸，并无银钱或字据，连个账本都没有。他砰地关上抽屉，生气地问管家道："王先生外出时，谁进来搜寻过？"

"没人来过，大人！"管家一惊，结结巴巴地说道，"王先生出门时总不忘上锁，只有小人身上有一把备用钥匙。"

"你曾说王先生不舍得花钱，是吗？那他这一年多来的馆俸银子去了何处？这钱盒里只有寥寥几文铜钱！"

管家疑惑地摇摇头。"小人真的不清楚，大人！小人确定，没人进来过。府中的奴仆也与小人共事多年。小人可以向大人保证，府里从未发生过偷窃之事！"

狄公在桌旁站了一会儿。他盯着画卷，慢慢地捋着胡须，然后回过身说道："带我们回去吧！"当管家再次带众人穿过曲折迂回的回廊时，狄公漫不经心地说道："这宅子位置可真不错，周围也清静。"

"确实如大人所说，这一带相当清静，住的也都是体面人。"

"正是在这样清静体面的地方，才能找得到上好的妓馆吧。"狄公冷冷地说："附近可有这样的妓馆？"

管家被这出其不意的问题吓了一跳。他清了清嗓子，含糊地说道："回大人，确有一家，隔着两条街便是，鸨儿姓匡，是个一等妓馆，去的都是有头有脸的人物，大人。但从未听说那儿有过争吵或是麻烦，大人。"

"这话本县乐意听。"狄公说道。

回到堂屋，狄公对凌老爷说，他必须随自己回衙门去认领尸体。狄公轿中，凌老爷冷冷地坐在那里，默不作声。

凌老爷确定死者便是他家的私塾先生，填好必要的文书后，狄公便让他离开了。狄公对洪亮说道："我去换一件舒服点的长袍，你叫班头带上两名衙役去院中待命。"

洪亮到二堂找狄公，见他已换上一件深灰色常服，腰系一条宽黑腰带，头戴一顶黑色小帽。

洪亮想问狄公要去哪里，但看到狄公全神贯注的样子，遂打消了念头，默默跟着狄公到了中庭。

见狄公过来，班头和两个衙役赶紧起来行礼。

"你们可知城北有家妓馆，就在凌老爷宅邸附近？"狄公问道。

"知道，大人！"班头殷勤地答道，"那是匡老鸨的妓馆。官府许可，非常讲究，大人，只有最好的……"

"我知道，我知道！"狄公不耐烦地打断他，"我们这就去那里。你带着你的人在前面引路。"

大街上人山人海，满街都是彩灯，装饰着店铺和饭馆门面，人们在五颜六色的花灯下转来转去。班头和两名衙役用手肘粗鲁地推着人群，给狄公和洪亮清出一条路。

就连匡老鸨住的后街也有很多人。班头敲了敲门，告诉看门的，说县令大人到访。惊慌失措的看门老者忙不迭地带狄公和洪亮来到前院，进了一间精致优雅的厅房。

一位穿着得体的老婢把一套精致的古董茶具放在桌上。这时，一个约莫三十岁的高个美人走了进来。她深深道了个万福，自称姓匡，是个寡妇。她穿着一件挺括的长袖衣裙，样式简单，衣料却是上好的深紫色锦缎。她一手倒茶，一手优雅地扶着衣袖。随后，她站在狄公面前，恭恭敬敬地等着狄公示下。洪亮站在狄公身后，双手拢在宽大的袖筒里。

狄仁杰悠闲地品着茶，发现四周一片寂静，所有的喧闹声都被厚实的绣花织锦帷幔挡在了屋外。空气中弥漫着一股清雅的名贵熏香的味道，果然非常讲究。他放下茶杯，开口说道："匡氏，本县并不赞成你这行，但也承认这一行不可缺。只要你安分守法，善待众女，本县就不会找你麻烦。告诉本县，你这里有几位姑娘？"

"回大人，共八位姑娘。当然，这些姑娘都是小妇人合法买来的，大多是直接从她们爹娘手中买的。小妇人每三个月便会把账上报衙门，按例纳税。小妇人相信……"

"你误会了，本县不是查税来的。本县听说一位有钱的客人为一位姑娘赎了身。这幸运的姑娘是谁？"

匡氏大吃一惊，但仍客气地说道："想必是误会了，大人。小妇人那些姑娘年龄尚小，最大的不过十九岁，歌舞吹弹仍不擅长。当然，她们极力奉承客人，但还没有人赢得恩客的欢心，图一个……图个长久来往。"她顿了一下，然后一本正经地接着说："虽说若是有姑娘能赎身，小妇人可大赚一笔，但姑娘们都还没到二十，小妇人怎可能鼓励她们赎身，要等到她们技艺娴熟精湛，各方面都配得上。"

"本县明白。"狄公说道。他懊恼不已，这消息推翻了他所有的推断。既然判断有误，此案或需从长计议，要从把王先生介绍给凌老爷的那位京城金匠入手了。突然，另一种可能性闪过狄公的脑海。对，他须得抓住这次良机。他严厉地看了匡氏一眼，冷冷地说道：

"休要搪塞本县，匡氏！除了这里的八个女孩，你还另有一个私娼。这可是大罪，官府只许你在此营业。"

匡氏抬起手臂，把簪子插入精致的发髻，长袖褪下，露出她洁白光润的肌肤。她平静地答道：

"大人，您说得并不全对。小妇人猜，大人指的是邻街的梁姑娘吧。她本就是京城名妓，约莫三十岁，艺名玫露，在京城达官显贵中颇有声名，也积下不少私房，并给自己赎了身，但没上交自己的妓女身牌。她想安生度日，便来到浦阳歇息一段，休闲自在地找寻一个合适的男子结为夫妻。她可聪明得很，大人。她深知京城那些轻浮的浪荡小生不会与她白头偕老，便想找一个有能力有地位的稳重老人。她只偶尔会来小妇人这里接些精致的客人。大人可在单列的账目中看到相关的记录，此账也是定期送交官府审阅的。梁姑娘仍有身牌，她的所得也是纳了税的。"

她的声音渐渐低了下来。狄公暗自欣喜，他知道自己找对了路子，但仍装出一副生气的样子，用拳头捶着桌子叫道："如此说来，那个想将玫露赎娶出来的男人显然是被卑鄙地欺骗了！根本没有什么赎身费！根本都不用给你或者她曾在京城的老鸨一个铜板！快说！莫不是你和她合谋，用赎身的托词从那毫无防备的男人手中骗一笔钱，然后再分掉？"

听了这话，匡氏终于慌了手脚。她跪在狄公的椅子前，不停地磕头。她抬起头来，哭着说道："请恕贱妇无知，大人！这钱还没给。她的恩客是位阔绰的大官人，大人，乃是您的同僚，事实上，也是本州府内的县令。如果他听说了此事，他……"

她号啕大哭起来。

狄公回过神，意味深长地看了洪亮一眼，不是别的什么人，只能是他那多情的金华县同僚罗县令了！他对匡氏吼道："这就是罗大人托本官探查的。你且说出梁姑娘住处，本县要亲自审问这桩有失体面的事！"

匡氏哭哭啼啼地告诉了狄公，说那梁姑娘就住在邻街，走过去没几步路。

敲门前，洪亮飞快地环伺一下街道四周，说道："大人，属下没猜错的话，那乞丐跌落的路沟就在这房子的后门。"

"好！"狄公喊道。他对班头说道："听着，我去敲门。我和洪亮进去，你和两名衙役在墙边等候，待我传唤，你们再进来。"

敲了好一会儿，大门才打开了一道缝，只听有女子问道："谁在外面？"

"罗县令有口信捎给玫露姑娘。"狄公客气地答道。

大门马上打开了。一个穿着家常薄丝白袍的娇小女子请狄公二人入内。她领着二人来到前院大厅，狄公注意到她身子虽然单薄，却婀娜多姿。

三人进到前厅，女子好奇地打量着两位贵客，请他们坐在雕花红木的软榻上。她略显羞怯地说道："小女子便是玫露。不知二位贵客……"

"我们不会叨扰许久，梁姑娘。"狄公赶忙打断道。他上下打量一下面前的女子，见梁姑娘生得眉目如画，玲珑剔透，杏仁大眼，樱桃小嘴，眉目传情——真是个相当聪明和迷人的女人。显然有些事与他的推断并不相符。

他扫了一眼陈设华丽的厅堂，目光便落在侧窗前一排打磨过的高竹架上。竹架共三层，上面摆着精致的白瓷花盆，里面种的皆是兰花。空气中弥漫着兰花的幽香。狄公指着架子说道："梁姑娘，罗县令与我说起，你素爱收集兰花。在下也甚喜爱兰花。瞧，真是可惜！花架最上一层的第二盆已经凋萎了，想必需要特殊的照顾。梁姑娘，可否取下一看？"

她迟疑地看了狄公一眼，但显然还是想满足罗县令这位古怪的朋友。她从墙角取来一架竹梯，搭在花架前，灵巧地攀上竹梯，小心地用袍子遮在自己的纤纤玉腿。当她端起那白瓷花盆时，狄公突然走近梯子，随口说道：

"梁姑娘，王先生唤你兰花，是吗？定比玫露适合一些！"梁氏一动不动地站着，惊恐万状。她瞪大眼睛看着狄公，狄公厉声说道："你拿花盆砸向王先生时，他正是站在这里，不是吗？"

她晃了一下，遂大叫一声，拼命找寻支撑的东西。狄公赶忙稳住梯子，伸手扶住梁姑娘的腰，将她扶下竹梯。梁姑娘双手紧抱着剧烈起伏的胸部，喘着气说道："小女子没有……你是何人？"

"本县正是这浦阳县令。"狄公冷冷说道，"你谋害王先生后，便将那坏了的花盆换成新的，将兰花移栽到这新盆之内，难怪要枯萎了，不是吗？"

"胡说八道！"她大喊道，"血口喷人。我要……"

"证据确凿！"狄公打断了她的话，"邻家的下人亲眼看见你把尸身拖到宅后的路沟里。本县也在王先生的房里发现了字条，上面写着担心你会加害于他，只因你结识了一位意欲与你结亲的阔大人。"

"不守信用的狗东西！"她喊道，"他发誓不留一纸……"她猛然住口，只恨恨地咬着红唇。

"本县已然知晓。"狄公平静地说道，"王先生并不满足于七日一次的见面。但如此一来，他便会威胁到你和罗县令的好事，此等好事不仅会给你和匡氏带来一大笔钱，还能让你安享余生。于是，想必你要除去自己的情郎了。"

"情郎？"她尖声叫道，"大人认为我会由着这跛腿丑八怪糟践我吗？当年在京城之时，让他抱一下我就够恶心了！"

"但你仍与他同床共枕。"狄公轻蔑地说。

"你可知他睡在何处？伙房！我本不会让他进我房门，但念在他还有些用处，帮我回了几封情书。且他买了兰花送我，又细心照料着，好让我有些头花戴。他还做过门房，我相好的来时，他便备好点心，端茶送水。别的，还有什么能让小女子准他进门的吗？"

"既然他将身家全数交与了你，你或许……"狄公冷冷地说道。

"该死的蠢货！"她又大叫起来，"当年我便说过与他一刀两断，他一直纠缠不休，说一日不见我，便活不下去了——谄媚的瘸子！他那可笑的忠诚毁了我的声誉。都是因为他，我才不得不远走京城，在这鬼地方隐姓埋名。是我傻，竟信了那痴呆的可怜虫的话！留下字条非难于我！他毁了我，无耻的叛徒！"

梁姑娘俏丽的面容突然变得狰狞。她怒气冲冲地用纤纤玉足跺着地板。

"非也。"狄公声音疲惫地说道，"王先生并未为难于你。本官适才所说并不是真的。除了惦念你画几幅兰花以外，他房中并没有任何与你有关的线索。那个误入歧途的穷书生终是痴情于你，至死方休！"他拍了拍手，班头和衙役即刻冲了进来。他命令道："给她戴上锁链，押回县牢。她刚对自己所犯杀人罪供认不讳。"两名衙役上前抓住她的手臂，用铁链将她锁了起来。狄公说道："罪无可恕，你将被押赴法场斩首。"

狄公转身离开，洪亮紧随其后。一群兴高采烈的年轻人挥舞着色彩鲜艳的灯笼，簇拥着从街上走过。他们的喧闹声和欢笑声淹没了这女子歇斯底里的哭喊声。

回到县衙，狄公和洪亮直接回到了私邸。两人往后院走时，狄公说道："我们不如先喝杯茶，然后再去夫人那里赴家宴吧。"

二人围着圆桌坐下。挂在屋檐下的大灯笼和花园树丛中的灯笼此时已然熄灭了，但诡异的满月仍照亮了厅堂。

狄公将茶一饮而尽，靠在椅背上，脱口而出道：

"在见到凌老爷前，我只知那人并非乞丐，且是在别的地方被人砸死的，我猜是用花盆砸的——细沙和白色瓷末便是证据。在随后拜访凌老爷时，我一度怀疑凌老爷卷入了这起案件。因为他来衙里时，对王先生失踪一事只字未提。奇怪的是，他后来压根儿都没询问王先生出了什么事。但我很快明白，凌老爷性情乖戾，毫不体恤手下人。他之所以生气，是怨我打扰了他的家宴。当管家说起王先生时，我茅塞顿开。管家说，王先生败光了家产，弄得妻离子散，还提到王夫人悍妒，这说明涉及其他女人。所以我便想到，王先生必是迷恋上了哪个青楼名妓。"

"为何不是大户人家的女儿或是体面人家的女人，抑或是寻常妓女？"洪亮反驳道。

"如果是一个体面的女子，王先生无须倾其所有，他大可休妻后再娶。若她只是一个寻常妓女，他花些小钱便能为其赎身，将她安置在外宅之中——更不必牺牲他的财富和官位了。因而，我断定，王先生的情人定是京城名妓。她榨干自己的情人，并弃他所去，以寻找下一个目标。但我猜想，王先生不会让自己像那被嚼烂的甘蔗一样被抛弃，于是便自取其辱。那女人从京城来到浦阳，为的是重新开始她的把戏。众所周知，这里住着许多富商。我猜想，是王先生跟随她来到此地，并胁迫她同意自己可以定期来看她，否则就要将她的无耻勾当大白于天下。最后，当她勾搭上我那愚笨的同僚罗县令时，王先生便开始勒索她。于是，她便杀了他。"狄公叹了口气，接着又道："我们现在知道了，情形并非如此。王先生舍弃所有，甚至将他微薄的馆俸银子也用在为她买兰花上。他甚是满足于每次短暂的相见，尽管那些时光让他倍感沮丧和屈辱。洪亮，有时一个人的愚蠢是由一种深沉但鲁莽的激情引起的，而这种激情让他显得颇为悲壮。"洪亮若有所思地捋了捋又粗又硬的灰胡子。过了一会儿，他问："浦阳妓女众多，大人缘何判断王先生的情妇便是匡氏的姑娘？又为何是他的情妇杀了他，而非是其他善妒的嫖客呢？"

"王先生常步行出门，且又是个跛子，这证明了那女人就在离凌府不远处，由此将我们引向了匡氏的妓馆。我问匡氏近期可有姑娘被赎，因为只有这种事才会给命案提供最合理的动机，即妓女要除掉让她为难的旧相好。至此，我们知晓，王先生着实让她为难，但并未恐吓胁迫于她，也未曾打过什么鬼主意。正是他如狗一般的忠诚让她恨他、嫌弃他。至于你方才提到的其他可能，我当然也考虑到了。但如果凶手是个男人，他会将尸体丢到远些的地方，还会更彻底地掩盖死者的身份。事实却是，凶手仅仅给死者穿上了一件乞丐的破袍，散开他的发髻，使之凌乱。这也恰恰说明这一切出自一个女人之手。女人们都知道，不同的衣服和发饰完全可以改变女人的外貌。而梁姑娘却将此用在男人身上——真是个致命的错误。"

洪亮为狄公续满茶杯，狄公呷了一口，然后继续说道："当然，这也可能是一个精心策划的诡计，用来栽赃梁姑娘。但我认为，这种可能性极小。梁姑娘自身便是最佳的怀疑对象。当衙役说那个死去的乞丐是在她屋后被发现的，我知道推断是正确的。然而，当我们进到她家后，我见她是一个相当瘦小孱弱的女人，不大可能打到高个死者的后脑。于是，我立刻四下寻找，想找到一些致人死亡的线索，然后便在高架上的兰花盆中找到了，枯萎的兰花给了我最后的线索。她定是爬上了梯子，或许是让王先生帮她扶稳了。然后她说了些什么，待王先生回头分神之际，遂把花盆砸在王先生头上。诸多细节，我们明日堂审梁姑娘时便会知晓。至于匡氏所扮演的角色，我想她只是帮梁姑娘从罗县令那儿骗些子虚乌有的赎身费罢了。这个风流的老板娘对杀人之事可是撇得干干净净，记住，她的妓馆可是第一等的！"

　　洪亮点点头，说道："大人，您不仅将这桩残忍的杀人案大白于天下，还把罗县令从那绝情邪恶的女人手中救了出来。"

　　狄公微微一笑。"下次再见到罗大人，"他说，"我定要告诉他这件事。当然，我不会提及他为梁姑娘赎身一事。我这位多情的同僚定是乔装前来浦阳县的！但愿此事能让他长个记性！"

　　洪亮颇为谨慎，不愿过多评论狄公的同僚。他心满意足地微笑道："现在这桩谜案的疑团尽释！"

　　狄公喝了一大口茶。他放下杯子，摇了摇头，郁郁不乐地说："不，洪亮。也不尽然。"

　　他想，不妨现在就把偶遇王先生鬼魂一事告诉洪亮，如果没有这个鬼魂,这一凶杀案就会被当作普通的意外处置。正待说出此话,他的大儿子冲了进来。见父亲生气,男孩赶忙拜了一拜说道:"阿娘说我们可以把那漂亮的灯笼带回房中,爹爹!"

见父亲点头,小家伙便把太师椅推到柱子跟前。他爬上高高的椅背,伸手解开挂在屋檐下的彩绸大灯笼,然后跳下来用火绒点燃灯笼里面的蜡烛,举起灯笼给父亲看。

"大姊和我花了两天才做好的,爹爹!"他骄傲地说。"所以我们不想让阿贵弄坏。我们喜欢这个铁拐李,他又老又丑,真可怜!"

狄公指着孩子们在灯笼上画的人像问:"你可知他的故事?"男孩摇摇头,他的父亲接着说道:"很久很久以前,铁拐李曾是一个非常英俊的年轻道士。他饱读诗书,精通法术。他可以真魂出窍,然后随心所欲地在天上飞,而他的躯壳则被留在地上,待他重回人间时再用。然而,有一天,铁拐李将自己的躯壳留在田地里,不慎被几个农夫看见了。他们以为是一具被遗弃的尸体,就把它烧了。所以当铁拐李下界时,发现自己俊俏的躯壳不见了。绝望中,刚好路边有个瘸腿叫花子的尸体,他不得已钻了进去。从此,铁拐李只得与这幅丑陋皮囊相伴。虽说他后来找到了长生不老药,但他永远无法弥补这个过错。之后,他成了八仙之一,成了挂着拐杖的神仙乞丐。"

男孩放下灯笼。"我不再喜欢他了!"他轻蔑地说道,"我要告诉大姊,铁拐李是个傻瓜,他活该如此!"

他叩头向父亲和洪亮道了晚安后,便匆匆跑开了。

狄公看着儿子的背影，露出宠溺的微笑。他拿起灯笼，把里面的蜡烛吹灭。突然，他惊呆了，他看到石灰墙上映出铁拐李高大的身形。接着，他试着把灯笼转过来，就像被风吹动一般。他看见跛腿老人的鬼影沿着墙慢慢移动，然后消失在花园里。

狄公长叹一声，吹灭了蜡烛，把灯笼放在地上。他严肃地对洪亮说道："洪亮，到底还是你说对了！我们所有的疑团都解开了——至少是有关凡人乞丐的疑团。他的确是个傻子。至于那个神仙乞丐——就不得而知了。"他站起身，淡淡一笑又道："如果以未知之事，而非已知之事，来衡量我们的认知，那我们便都是无知的傻瓜，洪亮，我们走吧！夫人们都等急了。"

真假宝剑

【短篇小说】

本案仍发生在浦阳，读过《铜钟谜案》的读者会记得，浦阳县与罗县令的金华县相邻，而本案中的武义县则在浦阳另一侧，由严厉的潘县令管辖。此案发生之时，狄公不在浦阳。案发之前三日，狄公让马荣、乔泰留守浦阳县衙，而自己偕洪亮和陶干去邻县就一桩跨县凶杀案与潘县令会面。这三日，浦阳县风平浪静。不料，就在狄公回衙当晚，凶案突然发生了。

"第四份螃蟹由你来付！"马荣将骰子放回骰盅，满脸得意。

"蟹肉可口，值。"乔泰咂着嘴说着，拿起酒杯，一饮而尽。

"鱼狗轩"二楼窗边，狄公这两位身材魁梧的随从围桌而坐。这是他俩最爱光临的一家饭馆。饭馆建在纵贯浦阳南北的河道之上。从饭馆的二楼望去，日落西城的壮丽美景尽收眼底。

楼下街市里人声鼎沸，马荣探头窗外，向楼下望去，只见河岸上人头攒动。

马荣又道："这是前几日刚来的戏班子。他们午后在街上演杂耍，晚上就搭戏台唱古戏。"

"我知道这事。"乔泰说道，"米商刘掌柜帮班子租了老君祠搭台子。前几日，刘掌柜来衙门办批文，戏班的包班主也一同来的。包班主看上去是个体面人，戏班里还有他的老婆和一双儿女。"马荣重又将酒杯斟满，说道："我本想到老君祠逛逛，那些耍刀弄枪的戏码甚合我意，无奈大人不在，我等需要料理衙里的事务，不可离开衙门太久。"

马荣心满意足地说道："是啊，我们坐的位置对着大戏台，正可以看他们耍。"说罢，他将椅子扭转向窗户，双手搭在窗台上。乔泰也如他一般趴在窗台上。

楼下大街上铺着一张方方的芦席，周围密密麻麻站满了人。一个约莫八岁的男孩在芦席上灵敏地翻着筋斗，另有两人，一个瘦瘦的高个男子和一个健壮的妇人站在他左右，双手抱臂。一个年轻女子蹲在竹箱边，那箱里显然装着他们的行头。竹箱上放着个低矮的木架，两把银光熠熠的宝剑叠放在上面。场中四人皆穿着黑色紧身衣和阔腿裤，大红腰带紧系腰间。不远处，一个身着破旧蓝长袍的老头坐在小凳上，嶙峋的双膝夹着鼓，双手用力地敲打着。

马荣眼巴巴地望着，说道："要是能一睹那姑娘芳容该多好。看，刘掌柜也在这儿，他好像碰到麻烦了。"

马荣用手指了指立于竹箱边的中年男子。他一身素净打扮，头戴黑色纱帽，正跟一个身材高大的泼皮争执着什么。那人不修边幅，蓬乱的头发上只系着一块破蓝布。他揪住刘掌柜的袖子，刘掌柜一把将其甩开。两人争执着，谁也没顾上看男孩的表演，此时他双脚夹着酒杯，倒立着在芦席上绕场表演。

乔泰十分意外，道："先前从未见过那个泼皮，想必不是本地人。"

马荣咧嘴一笑，道："那现在去看看姑娘们吧。"

男孩表演完毕。班主站到芦席中央，双腿叉开，膝盖微曲，健壮的妇人将右脚踩在他膝盖上，轻轻一蹬，便跃到班主的肩上。班主喊一声，女孩也爬了上去。她一脚踩在男人的左肩上，一手攀住女人的胳膊，然后舒展身体。几乎与此同时，男孩紧随着女孩，一跃上到班主的右肩站稳。人形金字塔摇摇欲坠，那个穿着褪色长袍的老人飞快地击打着鼓，观众中叫好喝彩声一片。

男孩、妇人以及女孩，与马荣和乔泰相隔不过十尺。乔泰激动地在马荣耳边嘟囔道："快看，那妇人身段多美，长得可真俏。"

马荣热切地说道："我更喜欢那女孩。"

"年龄太小！那妇人约莫三十，年纪刚好，最解风情！"

鼓声停止，妇人及其子女从包班主的肩上跳下。四人一起向观众躬身施礼后，小女孩拿着木碗绕场向观众讨要赏钱。马荣从衣袖里摸出一串铜钱扔给女孩儿，女孩老练地接住，遂朝他莞尔一笑。

乔泰讥嘲道："你这简直就是把钱往外扔！"

马荣咧嘴笑着，得意地辩驳道："值得，值得！接下来是什么表演？"

男孩站在芦席中央，双手背在背后，下巴高高抬起。鼓声响起，包班主撸起衣袖，露出右臂，操起架子上的宝剑一挥，但见宝剑直插入男孩胸膛，顿时鲜血飞溅。班主将宝剑抽出，男孩后退几步，人群中发出一阵惊恐的叫声。

马荣道："这把戏我见过，天晓得他们是怎么做到的，那宝剑看上去锋利无比。"说罢，马荣拿起酒杯，从窗前起身。

人群里响起一阵迷惑的低语声，突然传来女人痛苦的尖叫声。乔泰一直专心观察着人群的动静，此刻一跃而起，厉声道："兄弟快来，这可不是什么唬人的把戏，这是真正的杀人！"

二人猛冲下楼，跑到外面。他们用肘推挤开躁动的人群，来到芦席边。只见男孩仰面朝天躺在地上，胸部鲜血直流。孩子的母亲跪倒在边上，双手抚摸着孩子稚嫩而平静的脸，失声痛哭。包班主和他的女儿脸色刷白，一动不动地杵在边上，盯着那死去的可怜的孩子。包班主手上扔紧握着那把滴血的宝剑。

马荣一把夺过那宝剑，叱问道："为什么要这样做？"

班主从愕然中惊醒，慌乱地看着马荣，结巴着说道："这并非是杂耍用的剑。"

"马爷，且听我解释。"米商刘掌柜大声叫道，"这是意外！"

正在这时，一身材矮壮的男子走上前来，自称是城西的里正。乔泰吩咐他用芦席将尸体裹好送到衙门验尸。里正安抚着死者母亲，乔泰对马荣道："我等且将疑犯带到饭馆问个明白。"

马荣点头同意。他将宝剑夹在腋下，对刘掌柜道："刘掌柜，你也来。烦请灰胡子老汉带着竹箱和另一把剑同来。"

马荣四处找寻那个曾和刘掌柜搭话的高个泼皮，却无处可寻。

上到鱼狗轩二楼，马荣命包班主、两个啜泣不止的女人以及年迈的鼓手在角落的桌子旁坐下。他们从方才喝酒的罐子里倒酒给众人喝，希望酒能让他们从惊吓中缓过神来。然后，马荣望着刘掌柜，让他说明事情的原委。马荣知道，刘掌柜爱看戏，流浪戏班的表演他也是场场不落。此刻，留着黑须的刘掌故脸色苍白而憔悴。他正了正黑色的方巾，怯怯地说道：

"马爷，如您所见，包先生是戏班的班主，技艺了得。"他顿了一顿，回头望了望乐师放在桌上的另一把宝剑，继续又道："您大概见过这些剑上的把戏。刀是中空的，里头灌满猪血。剑尖几寸处有个机关，当剑碰到东西，剑尖会回弹滑入剑刃内。如此造出剑锋深入、鲜血飞溅的假象。剑被拔出来时，剑尖被藏在剑内的藤簧推出，复归原位。您可亲自检验。"

马荣从刘掌柜手中接过宝剑，发现剑尖下几寸处有一圈凹槽。马荣抢起宝剑，刺向木地板，只见剑尖滑进剑身，血液溅出。包氏尖叫出声，班主忙搂住她的肩安抚。那姑娘却坐着不动，石化一般。灰胡子老汉不停地扯着粗糙的胡须，愤怒低语。

"马兄，这样可不明智！"乔泰厉声说道。

马荣懊恼地答道："难道不该确认一下？"说罢，他再次端详另一只手里的真剑，用手仔细掂量两把剑，道："这两把剑的分量差不多，外形几乎无异，实在危险！"

刘掌柜说道："杂耍用的剑本该放在架子的最上头，而真剑放在假剑的下头，男孩被刺后，本该起身，其父则会用真剑舞弄一番。"

包班主起身走向马荣，用沙哑的嗓音问道："是谁换的剑？"未等马荣开口，包班主双手紧抓住马荣的肩膀，吼道："我问你，是谁干的？"

马荣轻轻松开包班主的手，让他重新坐下。道："这正是我们要查明的。你能确定假宝剑是放在真宝剑上头吗？"

"千真万确，这个把戏我们演了成百上千次，不会搞错的。"

马荣喊楼下的伙计添酒，遂又将乔泰和刘掌柜带到窗前的桌边。三人坐下，马荣在刘掌柜耳边轻声道："当时我和乔泰就在这窗前往外看。当时见你和那大块头泼皮就站在竹箱和剑架边上，那你们身边还有其他人吗？"

刘掌柜眉头一皱，答道："这个小人可真说不准，就在那小男孩做空翻的时候，身边的泼皮突然问小人要钱。小人拒绝了他，他就要打人。小人正要让自重时，悲剧就发生了。"

乔泰问道；"那泼皮是什么人？"

"小人从来没有见过他，或许包班主知道他是谁。"

乔泰起身询问戏班众人，可包班主一家皆摇头，只有那年迈的鼓手大声喊道："大人，我知道此人，他每晚都来老君祠看戏，但每次只给一个铜板。他的名字叫胡大马，是个流浪汉。"

乔泰问："你可曾看见其他人靠近剑架？"

那灰胡子老人愤愤地答道："我只顾看表演，怎晓得谁靠近过剑架？要说看见什么，我只看见刘掌柜和胡大马，因为我刚好认识他们。但那周围还有许多人，一个挨着一个，我怎知究竟发生了什么事？"

乔泰无可奈何地说道："我猜你也顾不上，只是我们也无法把这群人都抓起来。"说罢，他转身问包班主道："班主可曾见有熟人在芦席边上？"

包班主呆呆地答道："我在此地并无熟人，我们曾去过武义县和金华县，但来浦阳还是头一遭，我只认识刘掌柜。当物色祠庙搭建戏台之时，刘掌柜主动提出帮忙，是个好心人。"

乔泰点点头。他颇欣赏班主的坦诚与明智。乔泰转过身，当着众人对刘掌柜说道："有劳刘掌柜，带戏班回去歇息吧。告诉他们，县令大人今晚回来后便立即调查这起凶杀案。明日，班主他们需到衙门听审，办理相关的事务。尔后，男孩的尸首将交还给他们下葬。"

"乔爷，小人可否一同听审？包班主为人厚道，小人希望能在其危难之时助其一臂之力。"

马荣冷冷说道："你是重要的目击证人，自然要到公堂候审。"

马荣、乔泰起身，安抚一下受惊的班主一家人。刘掌柜带众人下楼后，马、乔二人又在靠窗的桌子边坐下。两人沉默不语，只自顾自干了杯中酒。马荣将二人的酒杯斟满，道："但愿别再出乱子了，只等今晚向大人禀明案情。但此案复杂，我说，怕是狄大人也未必能轻易定夺。"

说罢，他若有所思地望向乔泰。乔泰不答，只漫不经心地看那小二从楼下端来一盏大油灯。待小二退下，乔泰"砰"的一声放下酒杯，痛苦地说道："好狠的凶手！竟让孩子爹亲手杀死自己的亲骨肉，还是在亲娘的面前！你知道我想什么吗？我们要把这个卑鄙的混蛋抓起来！刻不容缓！"

马荣缓缓说道："我也赞同，但事关人命，并非小事，大人未必会让我等参与查案。你也知道，一步错，步步错。"

"但若按照大人平日吩咐的去做，估计我等也不可能坏什么事。"

马荣点头，果断道："就这么干！"干完这杯酒，马荣干笑道："此案正可展示我等之能力。那些有头有脸的人当着我们的面恭恭敬敬，甜言蜜语，但背后却笑我们俩是莽夫，有蛮力，没脑子。"

"这话倒也不差。"乔泰颇自知地说道，"他们没说错，我们到底不是文人，故无论如何不愿办那达官贵人的案子。然此案正适合我们去办，涉案者都是如我等一样的百姓。"

马荣又斟满酒，喊道："好，现在开始着手办吧。"

乔泰道："大人通常先念叨作案动机和作案时机。此案动机显而易见。既然可怜的孩子不可能有仇家，凶手必然恨极包班主，且恨之入骨。"

"对，包家班第一次来浦阳，近几日和包家班接触多的人便是嫌疑人。"

乔泰反驳道："但是，包家班此行亦有可能遇见以前的对头。"

马荣道："若果真如此，包班主本该马上向我二人说明。"马荣思索片刻，又道："你我也不敢肯定，此地没有人要害那孩子。

小孩子家喜欢在陌生的地方乱转，他可能看到或听到不该知道的东西，对方想要杀人封口，那耍剑把戏便是绝佳的机会。"

乔泰表示赞同，说道："也是，天哪，有太多的可能性！"他抿了一口酒，眉头一皱，放下酒杯，有几分惊讶地说道："这酒的味道有点怪。"

"这就是我们先前喝的酒，但此刻感觉亦是不同。兄弟，酒只在我们心情畅快之时才能品出好滋味，酒不能解愁呀。"

乔泰绷着脸注视一会儿酒壶，遂一把抓起放到桌子底下，道："这也是大人判案时总呷淡茶的缘故。"说罢，他放下衣袖，遮住健壮的臂膀，说道："至于时机，刘掌柜和那姓胡的当时就站在剑架边，二人都有机会换剑，但他们的动机是什么？"

马荣捏了捏下巴，过了一会儿，答道："胡大马的动机，我能想到一二。那就是包家娘子和她的女儿。天晓得，我都想与她们亲近一番！你想想她们表演的杂耍！假设胡大马看中了母女二人中的一个，或是两个都想要，而包班主肯定不愿意，那姓胡的可不就起了杀心？"

"有道理。若姓胡的无赖在这儿，他定会用这等下三烂的招数对包班主父子下毒手，可刘掌柜又是为了什么呢？"

"刘掌柜怎么可能？他行事守旧刻板。倘若他真的想偷吃，肯定也会悄悄去找不起眼的妓馆，断断不敢跟女戏子有染。"

乔泰道："我也觉得胡大马最有嫌疑，我现在就去找他谈谈。刘掌柜那儿，我随后去找，这样才周全。马兄你不妨去老君祠，再打听打听。我猜想，大人也想更全面地了解包家戏班的情况。"

马荣赶忙起身，道："好，我要去盘问一下包家母女，这样做最便宜。"

"或许不会如你想象般顺利，"乔泰亦站起身，冷静地说道，"切记，她们是耍把戏的艺人。如果你惹了她们，她们知道如何保护自己。事情了了，我们到县衙会面。"

说罢，乔泰径直往城东的小酒楼走，那里是丐帮头目盛八的老窝。

污浊不堪的酒馆里，只有一个大汉躺在太师椅里大声打着呼噜。他肚子硕大，破旧的衣衫根本遮不住，桃杆似的粗壮双臂叠放在肚皮上。

乔泰用力摇了半天，男子才醒了过来。他瞪了乔泰一眼，生气地说道："你要把我从睡梦中吓死啊，但请坐下来说说，有何贵干？"

"我有急事，你可认识流浪汉胡大马？"

盛八缓缓摇头，若有所思地说道："不，我不认识此人。"

乔泰从对方的眼神里捕捉到一丝狡诈，遂不耐烦地说道："你这头肥猪，或许你未曾见过此人，但你一定知道他。有人曾见他在老君祠出没。"

盛八神情痛苦地说道："别骂我！"接着，他又有些烦闷地说道："就是那间老君祠，我昔日的老窝！兄弟，我在那里度过了欢快无忧的日子。但是看看现在，丐帮的头目，有这么多繁杂的事要管。我……"

乔泰打断他道："你现在最大的负担该是你肚子上的肥肉。

快说，我在哪儿可以找到胡大马？"

盛八顺从地答道："好，若一定要说……确实，听闻一个自称是胡大马的人经常出没于城东酒肆，就在东大门往北第五家。不过，仅是传闻。"

"多谢了！"话音未落，乔泰已冲了出去。

到了街上，乔泰将帽子塞进衣袖，弄乱头发。只几步路，他就走到城墙前搭建的旧木屋前。他扫视一眼四周，昏暗，荒凉。他掀开门帘，踏进屋内。

屋子里点着一盏冒着烟的油灯，里面弥漫着令人作呕的臭灯油味和廉价的酒味。一位两眼浑浊的老人站在摇摇晃晃的竹柜台后面，帮忙端酒。他对面站着三个衣着寒酸的男子，其中最高的那个就是胡大马。

乔泰站到胡大马身边。众人漫不经心地打量着他，显然都不认识乔泰。乔泰要了酒，端过来装酒的碗却是裂了口的破碗。他喝了一口酒，遂吐在地上，对胡大马喊道："什么东西！穷得只剩几个铜板了，连酒都这么难喝！"

胡大马黝黑的宽脸膛上露出一丝苦笑。乔泰暗想，对方虽是一块臭石头，但也并不令人厌恶。乔泰说道："你知道哪里能找到有油水的活？"

"不知道，我不知道。兄弟，问我可是问错了人！最近我也一直走霉运。七日前在武义，我本可以从道上偷得两车稻谷。不费力气，只要打倒两个车把式就行。计划妥当，只需在林子的僻静之处行事。但我倒霉，到嘴的肥肉掉了。"

乔泰笑道："可能是你老了。"

"闭嘴，且听我说，我刚把一个车把式打倒，有个小鬼头不知从哪窜出来，左顾右盼，傻乎乎地问我在干什么。我闻声便从车上跳下，躲进了树丛。过了一会儿，我便见一班戏子坐着歪斜的大车向我这边过来。另外一个车把式跟他们说了我抢米的事，还说我已经溜走了。结果，他们搭伴儿一起走了，大米和啥都没了！"

乔泰点头，道："真不走运，可能那霉运远不止此。我昨日看见有戏班在街上卖艺，其中有个翻筋斗的男孩。若他就是你碰见的那个小鬼头，你可要当心，他或许会认出你。"

"他已经认出我了！又一次撞破我的好事，这次是我和他姐姐一起！你能想出比这更惨的事吗？但是，那孩子也没好到哪里去，他死了。"

乔泰紧了紧腰带。果然，这案子并不费事。他和气地说道："姓胡的，你运气确实不佳。我是县衙的公差，你现在要跟我走一趟了。"

胡大马嘴里咒骂着，对另外两名同伴大叫道："兄弟们，你们听到了吧，这是官府的走狗，快来把他打成肉酱。"

另外两个流浪汉缓缓摇了摇头，年长的那位对胡大马道："兄弟，这不是你该来的地方，结账走人吧。"

说罢，他们又回身对乔泰说道："见鬼去吧，我们出去，今天不是你死就是我亡。"

一个乞丐正在昏暗的巷子里游荡，忽见两人出来干架的阵势，遂急急跑开了。

胡大马一拳飞快地向乔泰的下巴打去，乔泰机敏地闪身躲过，一拳反击，正打到胡大马脸上。另一名流浪汉弯下腰，用壮实的长臂抱住乔泰的腰。乔泰意识到，此刻肉搏胡大马丝毫不弱。虽然胡大马个子同自己差不多，但更加结实。不过，乔泰懂得更多打架的技巧，他成功地从对方的熊抱中挣脱出来。他后退几步，朝对方左眼下方一拳打过去。胡大马头一歪，随后又冲过来，愤怒得大吼一声。

乔泰故意露出几个破绽，但胡大马显然没有上钩。他虚晃一招，一拳打向乔泰的小腹，若非乔泰及时弯腰，拳落在胸脯上，他势必会被击倒在地。乔泰佯装被击中，往后倒去。胡大马伺机朝乔泰下巴下就是一拳，想就此结果了他。乔泰双手握住胡大马打过来的拳头，顺势扭翻至身后。刹那间，胡大马双肩脱臼，发出噼啪之声，胡大马随之一头栽倒在地，头砰的一声撞到石头上，倒在地上不动弹了。

乔泰折回酒馆，向沽酒的老人要了一根绳子，还叫他去喊里正带人过来。

乔泰将胡大马紧紧捆住，随后蹲下等里正过来。胡大马被放在担架上抬到了衙门，乔泰命人将他关进牢房，又叫来仵作将其弄醒，并帮他把肩膀复位。

事毕，乔泰来到档案馆。他踱步深思，总觉得哪儿不对，或许事情并不如表面那般简单。

与此同时，马荣也从鱼狗轩回到衙门。洗漱完毕，他换上一身干净的衣裳，向老君祠晃悠而去。

用竹竿搭起的戏台下围满了人，两盏大纸灯笼照着戏台。戏已开场，因为不能让儿子的死影响了演出，包班主一家三口仍身着华丽戏服，站在由两张桌子叠放而成的"御座"前。包妻正伴着刺耳的胡琴声咿呀唱着。

马荣向戏台边上的竹亭走去，灰胡子老人一边用力拉着二弦琴，一边用右脚敲着铜锣。曲终了，老人放下琴，换上一副快板，马荣用肘碰了碰老人，意味深长地笑着问：

"我到哪里能见到这两个女人？"

老人抬起满是胡须的下巴，朝身后的梯子指了指，接着便格外用力地打起快板来。

马荣起身走向那间临时的绿色小屋，小屋和戏台只用竹帘隔开。屋内摆着一张简单的梳妆台，台上杂乱地摆着胭脂水粉，台边有一把小矮凳。

观众掌声雷鸣，显见的是戏演完了。脏脏的门帘卷起，包姑娘走了进来。

女孩此刻一副公主打扮，一袭绿色长裙，铜片熠熠生辉，绢花头饰精致炫目。两缕青丝从太阳穴处垂下。虽然浓妆艳抹，但马荣看出，女孩面有愁容。女孩瞥了马荣一眼，在小板凳上坐下，一边凑近镜子检查眉妆，一边懒懒地问道：

"可有什么消息？"

马荣殷勤地答道："没什么要紧的，我只是来与俏姑娘说几

我是公主，这玩笑如何？（高罗佩 绘）

句话。"

包姑娘回头鄙夷地看了他一眼，厉声道："你若觉得此话在我这儿行得通，那你就大错特错了。"

见姑娘出人意料地拒绝，马荣答道："我是想过来谈谈你爹娘的。"

"我爹娘，你说的是我娘吧。你直接去找她吧，她不需要拉皮条的，只要价钱合适，她都会答应。"

突然，包姑娘双手掩面，开始抽泣起来。马荣靠近女孩，轻拍其背，安慰道："姑娘别难过，你兄弟的惨案十分……"

包姑娘打断道："那个男孩不是我的兄弟，我这是什么命啊，真的无法再忍。我娘是个婊子，我爹傻得由着她乱来。你知道我今晚扮什么角色吗？我是高贵帝王和端庄王后的公主！这玩笑如何？"女子愤怒地摇了摇头，拿起粉扑用力往脸上扑粉。待情绪平复，她又说道："你想想，半年前，你娘带回来一个孩子，告诉你爹她在八年前不慎犯错。这些年一直是那个情郎在照顾孩子，可现在那人说没办法养了。我爹不忍心，就收留了这孩子，总是这样……"女孩咬紧嘴唇。

马荣问："你有何看法？到底是谁对你爹设下这样的毒计？他在此地可是遇到了仇家？"

女孩毫不客气地说道："为啥笃定这两把宝剑是被故意调换的呢？我爹难道不可能失手吗？你也知道，这两把宝剑长得一模一样，要不然把戏耍起来就不真了。"

马荣说道："你爹似乎断定有人把剑换了位置。"

女孩突然一跺脚，大喊道："我过的是什么日子啊！我恨透了！谢天谢地，我快熬出头了，总算有个体面人肯给我爹一份彩礼，要纳我做妾了。"

"你知道，做妾的日子不一定风光。"

"大哥，我才不会一直做妾！他的正房妻子染了重病，大夫说她活不过一年了。"

"那个幸运的男子是谁？"

她犹豫片刻，答道："因为你是官府的人，我才和你说的，请帮我保守秘密。就是那个贩米的刘掌柜，最近他生意不顺。在筹到彩礼钱前，他是不会和我爹提亲事的。刘掌柜是比我老一点，想法也老套，但我告诉你，我厌倦了那些所谓的浮夸子弟。他们和你睡了一次，只想再睡一次！"

"你是怎么认识刘掌柜的？"

"我来浦阳第一日便与他认识了。他帮我爹租下这地方，然后说第一眼见我就喜欢我，他……"

她的声音淹没在外面震耳欲聋的掌声中。她跳了起来，把头饰扶正，匆匆说道：

"我得上台了，再会！"

布帘放下，伊人不见身影。

马荣回来，发现老友独自坐在冷清的档案馆。乔泰抬头说道："兄弟，我们的案子似乎算是破了！我抓到了一个嫌犯，此刻正关在大牢。"

"好啊！"马荣拉过一把椅子，听乔泰讲完他的遭遇。接着，他对乔泰说起和包姑娘的会面："把我们目前知道的串联起来看，包姑娘跟痴心的刘掌柜幽会之余，跟胡大马似乎还有一段。我猜，他们不过是逢场作戏罢了。好啦，你这么忧心忡忡为啥？"

乔泰慢慢地答道："我刚才忘和你说了，胡大马一开始并不想乖乖就范，我和他打了一架。那家伙出手干脆利落，不使阴招。我想象得到，当他和那孩子姐姐幽会的时候，他逮着那孩子偷看时，定是恨不得扭断他的脖子。但是，若要怀疑他偷梁换柱杀死那男孩，兄弟，我觉得这与他的做派不符。"

"有些人同时具有多重人格。"马荣耸耸肩道，"我们一同去看看那混账怎样了。"

二人起身来到公堂后的大牢。乔泰命狱卒叫来书吏，让他做个见证，也好记录审问的过程。

狭小昏暗的牢房里，胡大马坐在长榻之上，四肢固定在墙上的铁链里。乔泰举着蜡烛靠过去，胡大马怒视着他道：

"狗崽子，你以为这样我就会屈服吗？不过，你那一招真厉害！"

"不需要你夸！老实告诉我，拦路抢劫未遂是怎么回事。"

"这有何不可！打打骂骂，就是你对我做的好事。我不过打昏了一个赶车的，连米袋都还没有碰到呢。"

"你打算怎么甩掉那两车货？"马荣好奇地问道，"你不可能在没有米行的帮助下卖出这么多米。"

"卖个述！"胡大马笑笑，说道："我只要把米倒进河里，全部扔掉！"见二人吃惊的样子，胡大马道："这些米已经坏了。那个卖米的希望有人在路上偷走米，这样就得由米行来赔。我搞砸了，那些米如期送到了目的地，而且还被发现是坏米，那个米商因此要退回货款。哪儿都不顺。不过，我觉得那家伙还是得为自己的行为付出代价的。但是，当我向他提起这码事时，他却不吱声！"

乔泰问道："那个米商是谁？"

"就是贵县的米商，那家伙姓刘。"

乔泰疑惑地看了一眼马荣。马荣问道："你是怎么认识这个姓刘的米商的？你可是武义人啊。"

"我们是多年的老相识了。刘掌柜常定期来武义，他是个狡猾的家伙，总是耍花招。这个道貌岸然的老狐狸在武义金屋藏娇，那女人是我以前相好的闺密，我也是被那女子引荐给刘掌柜的。人的趣味各不相同，我喜欢健壮的，但是刘掌柜则喜欢年纪大一点的。我的相好告诉我，刘掌柜的旧情人身边带着他们的私生子。可能那女子八年前相貌姣好吧，谁晓得呢？"

马荣道："说到相好，你是怎么认识包姑娘的？"

"那还不简单，她来这儿表演的第一晚，我恰好看见台上的她，便对她一见钟情。当晚，还有第二晚，我都试着跟她套近乎，但没到手！昨夜，我在等刘掌柜送银子来，闲得无聊，又去勾搭她。戏散场后，夜已深了，她看上去很累，精神烦躁。我又去求她，她答道：'好吧，你最好卖力点，这是我最后一次风流了。'我们钻进院里一个不起眼的棚子，好事还没开始，那小子就突然来找他的姐姐。我叫他滚蛋，他也听话。但不知是被打断的缘故，还是我经验不足的原因，我之后始终无法集中精力。事情就是这样，你们知道的，有时候如你所愿，有时候变得更糟。但我一个铜板没花，我还有什么好抱怨的呢。"

乔泰道："我见你那天和刘掌柜在街上吵架，你们两个人就站在那两把剑的边上，你见过什么人去摆弄那两把剑吗？"

胡大马皱了皱眉，本就满是褶子的额头又挤出一些褶子出来。他摇摇头，答道："你知道的，我的注意力在那姓刘的杂种和两个女人间游走。男孩还没翻跟头的时候，女孩就站在我面前，我本可以从后面捏她的屁股，可她太冷淡了。正好她娘过来挪竹箱，我就掐了她娘的屁股。但那女人恶狠狠地瞥我一眼。刘掌柜想从我身边溜走，就在我扯着衣袖拽他时，他差点被箱子绊倒。这样一来，谁都有可能调换架子上的那两把剑。"

"包括你！"马荣冷冷说道。

胡大马想跳起来，但被铁链束缚住了。他痛苦地大喊："你们就是要弄成这样，你们这些混蛋！想把杀人的罪名挂在我头上，是吗？卑鄙啊……"胡大马望向乔泰，喊道："老爷，你不能这样对我！我发誓我从来没有杀过人，我承认我是打过人，但也仅此而已呀。我可不会伤天害理到用这种方法杀死一个小孩子……"

马荣没好气地说道："你还是好好想想吧，我们有的是路子把事情搞明白。"

胡大马怒吼一声："真是见鬼！"

回到档案馆，马荣和乔泰在靠墙的大桌边坐下，书吏坐在他们对面，靠近烛台。乔马二人愁容满面地望着师爷从抽屉里拿出几沓白纸，毛笔蘸墨，开始整理审讯笔录。马荣长叹一声，道：

"我同意你的看法，胡大马不可能是凶手。不过，那个混蛋确实做了一件事，就是把我们的事情搞砸了——彻底搞砸了！"

乔泰不悦地点点头，道："刘掌柜道貌岸然，老奸巨猾，是个好色之徒。他先是在武义金屋藏娇，现在又想纳包姑娘为妾。包姑娘虽说不是什么白莲花，终究还是水灵灵的鲜花一朵。刘掌柜根本没有理由去杀那小孩或者陷害包班主，但我们还是要把他先关入大牢。大人定会跟他核查胡大马的口供。"

"何不今晚就让班头将包班主一家和那老乐师一起带来？这样大人就可以见到所有与案子有干系的人，明早升堂，即可结案。"

"好主意。"

马荣回来的时候，书吏已整理好笔录，在马乔二人前诵读一遍，二人签字画押。乔泰说道："您的笔录做得如此细致，可否帮我们再写一份呈子？"

书吏答应，遂又拿来一沓白纸。马荣斜靠在太师椅上，把帽子向后推了推，便从在鱼狗轩窗前目击案发开始，娓娓道来。乔泰则将叙述重点放在抓捕胡大马这件事情上。做笔录是一件难差事，狄公不喜欢面面俱到、冗长繁杂的东西。事毕，每个人都大汗淋漓。

狄公回衙，已临近午夜。他仍穿着外出时的褐色长袍，风尘仆仆，面有忧色。三人赶忙起身行礼，狄公厉声问道：

"这是怎么回事？我刚下轿，班头就禀报说你们关了两个疑犯在大牢里，还拘押了四个人证。"

马荣小心翼翼地说道："大人，是这么回事。凶手极其残忍，杀死了一个小男孩。我二人在案发后做了一些调查，调查经过已记录下来。起初……"

狄公打断道："带着笔录来二堂。"

狄公命书吏备一大壶热茶带到二堂，这才出了档案馆，两个随从紧跟其后。

狄公坐于书案后的太师椅上，道："武义的那桩案子已处置妥当，潘大人办事利落，很好共事。洪亮和陶干要在那儿多留一天，以处理一些琐事。"说罢，他呷了口热茶，往椅背上一靠，遂拿起笔录细看。

马荣和乔泰端坐于案前凳上，脊背挺直，喉咙冒烟，但两人浑然不觉。二人紧张地望着狄公，观察着他的反应。

大人先是眉头紧蹙，继续阅读，然后眉头渐展。阅毕，他又重读了几个章节，又命二人逐字解释其中一些对话，然后他把笔录丢在案上，起身笑着缓缓言道：

"可喜可贺，你二人做得很好。不仅完成了你们的分内之事，还证明你们有独立办案之能力。这两个人都该抓。"

二人听后大笑，马荣拿起茶杯，赶忙给乔泰和自己倒了一杯茶。

狄公道："现在我们来梳理一下目前的境况。首先，我们手上的证据并不足以说清谁是凶手，因为包家班行程紧凑，表演完杂耍后便得赶到老君祠唱戏。其次，那时天色已晚，包班主确实有可能失手将剑放错。他极力否认或许只是害怕会吃官司。行走江湖，多一事不如少一事。"狄公摸了摸髯须，继续又道："再者，你们列出的相关涉案人都有充分的理由去调换假剑的位置，包括包班主。"

马荣大声叫道："包班主为什么要杀那男孩？"

"为了报复他不忠的妻子和她的情郎，米商刘掌柜。"狄公举起手，让两位目瞪口呆的随从安静，接着又道："刘掌柜武义外室所生的儿子，便是包妻在武义所生的私生子，这点你们不会有异议吧？刘掌柜十分爱看戏，我猜他是在包家班到武义演出时认识包妻的。当二人的私生子出生后，他们便把孩子抱给一个老妇人抚养。八年后，包妻决定把孩子带回来，但她须得向自己的相公坦白一切。包姑娘说她爹坦然接受了这一切，但也可能是个假象。今日，包班主见刘掌柜站在剑架边上，便觉得这是一个向老婆报仇的好机会。这样一来，他既可以摆脱那个私生子，同时还可以拉姓刘的来垫背，一石几鸟。同样，我们也可以认为刘掌柜大有嫌疑。"

马荣和乔泰刚要插嘴，但狄公示意他们安静，遂又继续说道："刘掌柜有下手的机会，他熟悉戏台道具的特殊设置，而且行凶的动机不止一个。首先是怕被敲诈。包家班到了浦阳后，刘掌柜热情款待，但包家夫妇却想借此勒索他。那个私生子便是刘掌柜在武义养外室的最好证据。换剑杀人后，证据不存，同时也可以封住包班主的口，包妻也会责备相公出于嫉妒杀死她的私生子。

"我们再来看看那包妻的作案嫌疑。她女儿告诉马荣，说自己的母亲是个婊子。此类人的心思不能以平常之心揣测。当包妻察觉到自己的老情人移情别恋，且新欢还是她自己的女儿，那包妻就有可能用杀死他儿子的方式向那老情人报仇。但是，我们也不能对包姑娘的话完全相信，她似乎有些神志不清。她毫不犹豫地说自己的娘是婊子，说自己的爹是傻子，而在和刘掌柜定亲之后，却不知羞耻地跟一个流浪汉苟合。""无论包姑娘是否知道自己的母亲和刘掌柜有染，"狄公看了两个属下一眼，顿了一顿，继续说道，"请注意，我只是在推断所有的可能性，在搞清涉案人物关系前，说什么都是无用的。"

狄公重又拿起文书翻看起来，仔细分析其中的片段。阅毕，他心事重重地说道："谨记，这些行走江湖的艺人和我们不同。在台上，他们扮演前朝的男女俊杰；在台下，他们却是穷困潦倒的弃儿，只能勉强维持生计。这样的双重身份能扭曲一个人的性格。"

狄公默然不语。他呷了一口茶，沉思不语，只缓缓捋着长须。

乔泰问道："大人可认为胡大马是无辜的？"

"非也，至少目前不会。虽然二位认可胡大马之为人，虽然这也在情理之中，但那些粗暴的流浪汉有时也会有一些怪癖。从胡大马的谈话看，他把那日的一败涂地归咎于包姑娘，而且也提到了孩子的惊扰。但事情根本就是胡大马自己无能。可能他怕自己从此难振雄风，因此上便痛恨那男孩。另外，胡大马在牢中与两位公差大谈特谈自己的风流韵事，我甚是疑惑。这说明他太耽于此事，只想找人说话排解。而且胡大马曾和老乐师说过话，那么他也有可能知道那两把剑的奥秘。另外，胡大马四处大谈情事，或许单纯就是为了炫耀。"狄公起身，急匆匆说道："本县要见一见跟这案子有牵连的人。二堂太小，让班头把那几个嫌犯都带到会客厅，然后叫主簿带上两个书吏过来，全面记录此次审问。你二人在此等待，我先去沐浴。"

　　宽敞的会客厅里灯火通明，厅中央立着两个精致的银烛台。书案前摆着一排椅子，依次坐着包家三口和老乐师。胡大马站在左侧，刘掌柜站在右侧，身边各有两名衙役。那个主簿带了两个书吏坐于小桌边。戏班的人和被押的嫌犯故意不理睬对方，大家都注视着前方。大厅里静得要命。

　　突然，班头打开厅门，狄公走了进来，乔马二人紧随其后。狄公身着深灰色常服，头戴黑弁帽。众人深施一礼，狄公走到案后，坐在雕花乌木的太师椅上，乔泰和马荣分立两侧。

　　狄公先打量一下两个嫌犯——面有愠色的胡大马和衣冠楚楚但一脸惊诧的刘掌柜，暗想，马荣和乔泰对这二人的描述果然没错。尔后，他又移目转向三个艺人，发觉三人面色憔悴，疲惫不堪。他联想到包家三口整日奔波，为自己的妄自揣度心生内疚。狄公叹息一声，清了清嗓子，冷静地说道：

"在审问两名疑犯之前，我想先了解你们的家庭关系以及在场各位和出事男孩的关系。"狄公盯着包妻，继续道："妇人，听说那个出事的男孩是你的私生子，可有此事？"

　　包妻疲惫地说道："是的，大人。"

　　"那为何到男孩八岁时才把他接到身边？"

　　"民妇心中惭愧，不知道该如何面对自己的相公，还因为孩子的生父曾许诺会照顾好孩子。民妇曾认为自己爱那个男人，甚至为了他离开相公一年。那男子同我说，他妻子身患重症，待她死后便会娶民妇为妻。但是，当看清他的真面目后，民妇便和他断了联系，一直都不曾与他见面。半年前，民妇去城里演出遇见了他，他想和民妇重修旧好，民妇不同意，他遂拿弃养孩子来威胁民妇。之后，民妇向相公坦白了一切。"她深情地望了望身边的男人，继续说道："相公为人宽厚，他并没有责备民妇。他说戏班里正缺人手，他会把孩子培养成出色的杂耍能手。他真的做到了！旁人看轻我们这些卖艺的，但我们夫妇二人却引以为豪。对于孩子，相公也是视如己出，他……"

　　包妻咬了咬唇，顿了一顿，狄公问道："你可曾告诉你相公你旧情人的身份？"

　　"未曾，大人。那男人虽然卑劣，但民妇却没理由坏他的名声，而且也没必要。再说，相公也从未问过民妇。"

　　狄公道："本县知道了。"包妻所述真实而坦率，真相已大致了然。狄公对真凶身份及其杀人动机了如指掌。如马荣一开始推测的那样，凶手杀男孩是为了灭口。但之后，马荣之推测便不甚合理。狄公扯了扯唇髭，暗自懊恼，心想即使知道真凶身份，也毫无证据。如不加紧找寻，之后可能再也找不到证据了。所以，在完全搞清楚包妻所述之意前，必须迫使凶手出来自首。想到此处，狄公命令衙役："带刘姓嫌犯上堂！"

刘掌柜来至案前，狄公厉声斥道："刘掌柜，你在浦阳把自己装扮成是诚实的商人，恪守信义；但是，本县对你在武义所为却一清二楚。你在武义欺骗同业，金屋藏娇。胡大马都招了，本县提醒你，你最好实话实说。八年前，你便与包妻有私情，是也不是？"

刘掌柜声音微颤，答道："是的，大人，求求您……"

包姑娘一声号叫。她站起身，紧握双拳，满眼怒火地望着刘掌柜。刘掌柜往后退了一步，嘴里咕哝着什么。突然她尖叫起来：

"你这卑鄙小人，谎话连篇，我是遭了天谴才会相信你的鬼话。八年前，你用同样的把戏骗了我娘？我是个得失心疯的，我这个傻子，害怕那个小鬼会告你我私会胡大马之事，对，就是我换了剑的位置，现在我也要杀了你，你……"

她走向那个畏缩的男人，扬起利爪般的双手，两名衙役立马上前按住她的双臂。狄公长叹一声，命人将包姑娘押下，任由她如野猫般喊叫反抗。

她爹娘难以置信地看着她，随后包母失声痛哭起来。

狄公用手指敲了敲桌子，道："明日升堂，且听包姑娘招供。至于刘掌柜，本县会详查你的劣迹，要判你多坐几年牢。对于你这样的人，本县甚是厌烦。至于胡大马，本县判你流刑，发配北疆，在军中服苦役一年。你有何本事，到军中一试便知，将来你亦有可能会被正式编入军中。"狄公又道："将二疑犯押回大牢。"

狄公静静地看着包家夫妇。良久，包妻停止了哭泣，坐在椅子上，双目低垂。包班主心疼地望着她，额前的皱纹愈发深了。狄公柔声说道：

"你们的女儿没能熬过命运的困苦，导致性格生变。本县必须判处她死刑。可这样一来，一日之内你们失去了一双儿女。只是，随着时间流逝，一切伤痛都会被治愈。你夫妇二人正值壮年，彼此相爱且热爱你们的行当，这两样会成为你们的精神支柱。虽然接下来的日子会很难过，但请相信，黑暗中亦有星辰闪烁。"

二人起身，躬身施礼，遂相伴而去。

太子棺谜案

【短篇小说】

本篇故事发生在狄公第四次出任县令的兰坊县。兰坊位于大唐西部边疆的偏僻之地。到任伊始，他便遭遇劫难，见《迷宫谜案》所述。两年后（672年）的冬天，边境生变，甚至危及大唐安危。狄公一夜之间连破两桩疑案，其中之一影响了大唐命运，另一桩则关系两个平民的命运。

狄公一走进位于酒楼顶层的雅间，就知道这次筵席颇为冷清寡淡。雅间甚为宽敞，两个大银烛台，烛光照在精美的古董家具上，但只有一个小火盆取暖，而里面也仅有两三块炭燃着。绣花的帷幔挡不住阵阵寒风，让人想起大唐西部边疆之外绵延数千里的雪原。

圆桌旁只有一个瘦削年迈的男子，他是边境大石口县的县令。站在他身后的两个女子无精打采地望着这位一脸髯须的高个客人。

匡县令起身迎接狄公。

"招待不周，实在抱歉！"他苦笑着说道，"我还请了两位都尉和两位会首。二位都尉临时被元帅叫走了，而二位会首也被军需大人唤去。事发突然……"他无奈地举起双手。

"不打紧。能与匡大人交谈已是让狄某受益匪浅！"狄公客气地说道。

匡县令请狄公走到桌旁，让两位女子见过狄公。他左边那位年纪尚轻，名为月季，右边的名为茉莉。二人衣着艳俗、粗陋，显见只是一般的烟花女子，并不是出入场面的花魁头牌。但狄公知道，大石口的娼妓都是为元帅帐下的高级将领们留着的。茉莉为狄公斟满酒杯，匡县令举杯祝道：

"兰坊与敝县相邻，狄大人又是下官敬重的同僚，亦是下官最尊贵的宾客。让我们为大唐雄师凯旋满饮此杯！"

"为凯旋干杯！"狄公说道，一口饮尽杯中酒。

楼下街道上传来了隆隆的车声，那是铁轮马车碾轧冻土的声音。

"想必是大军往前线开拔了，终于要反击了。"狄公激动地说道。

匡县令认真听了一会儿，悲伤地摇摇头。"不，"他略略说道，"走得这么慢，这是从战场上回来的军队。"

狄公站起身，拉开帷幔，推开窗子，只觉凛冽的寒风直卷过来。月光森森，只见街上正走过长长的车队，瘦马拉着大车，车上载满了伤兵，还有帆布下覆盖着的尸体。他赶忙关上窗子。

"请，先用饭吧！"匡县令说着，举筷指了指桌上的银色碗盘，只见盘中只装了少许咸菜、几片干火腿和煮熟的豆子。

"银器里的猪食——当前形势如此！"匡县令苦涩地说道，"敝县物产甚丰，可自打仗以来，连食物也渐渐匮乏。如不赶紧扭转战局，饥荒就在眼前了。"

狄公刚要宽慰他几句，却赶忙用手掩住嘴，随着便是一阵剧烈的咳嗽，他壮硕的身体不禁颤抖起来。匡县令担心地望了他一眼，问道："肺痨莫不是也传到了你们那里？"

待咳嗽稍平，狄公赶忙把杯中之酒饮尽，遂用嘶哑的声音答道："只有零星病例，并无大碍。大抵发作时也比较温和，如下官一般。"

"幸甚，"匡县令淡淡言道，"大石口的大多数病患，患病一两天后便开始吐血，咳着咳着就如老鼠般死去了。"说罢，他赶紧问了一句："大人的住处还舒服吧？"

"哦，还好，下官住在大客栈的上房。"狄公答道。事实上，他不得不与三名军官挤在四面透风的阁楼里，但他不愿让匡县令更增苦恼。县令私邸已被军队征用，匡县令无法将狄公安置在自己的私邸中。何况，县令一家老小也被迫搬到一栋摇摇欲坠的小破房里。非常时期之非常之事。要知道，县令，一县之长，和平时期可谓威风赫赫，无所不能，而此时却也要听从军队的调度。"下官明早便动身回兰坊了，"狄公接着又道，"还有许多事要办，兰坊县内之粮食储备也明显不足。"

匡县令忧郁地点了点头，遂又问道："元帅为何要召见大人？从兰坊到这里足有两天路程，况且路着实难走。"

"回纥人的营地驻扎在兰坊县的界河对面，"狄公答道，"元帅想知道回纥人是否会与突厥军队联手对付我大唐。下官告诉他……"他突然打住话头，疑惑地看着旁边的两个女子——突厥的细作可谓无孔不入呀。

"她们没问题。"匡县令马上说道。

"好，下官向元帅禀道，回纥人大概只有两千人驻扎在兰坊界河附近。突厥大军曾派使者到回纥营地，想请回纥可汗与突厥军合力反叛大唐。可就在使者到达营地之前，回纥可汗已拔营离开，到西域那广漠之地狩猎去了。回纥可汗非常明智。要知道，他最宠爱的儿子在京城作人质。"

"不管怎样，两千人，也不足为惧，"匡县令说道，"那该死的突厥三十万大军就在边境，兵临城下，随时都有可能进攻我大唐。突厥军队屡屡试探，我大唐边军岌岌可危。元帅统兵二十万，非但不去进攻，反而始终按兵不动。"

两个人相顾无言，默默吃着饭，姑娘们则在一旁斟酒。两人吃完豆子和咸菜后，匡县令抬起头，不耐烦地问月季道："米饭呢？"

"大人，小二说已经没有米了。"姑娘答道。

"胡说！"县令生气地喊道。他起身对狄公说道："大人，稍等片刻，下官去去就来！"

匡县令带着月季下楼，另一个姑娘轻声对狄公说道："大人，奴婢有一事相求。"

狄公抬头打量一下姑娘，见她二十上下的年纪，长得还算标致，但脸上厚厚的胭脂并不能掩饰她萎黄的面色和凹陷的双颊。

她眼睛不自然地圆睁着，散发着狂热的光芒。

"何事？"他问。

"奴婢贱体抱恙，大人。如果您能提早离席，可否带奴婢一起，只要稍休息一会儿，奴婢便可服侍大人。"

他注意到姑娘非常疲惫，腿也不住地颤抖。"荣幸之至，"他答道，"本县答应便是。不过，待你到家之后，本县便要回住处去了。"他淡淡一笑又道："你知道，本县自己也不太舒服。"

她感激地望了狄公一眼。

匡县令和月季回来，匡县令懊恼地说道："狄大人，实在抱歉，真的一粒米也没有了。"

"无妨，"狄仁杰说道，"你我二人相谈甚欢，茉莉姑娘也非常迷人。恕狄某唐突，想先离席告退了。"

匡县令连说时辰尚早，不过，他显然也认为如此收场最好不过。他送狄公下了楼，两人在酒楼大堂依依惜别。茉莉帮狄公穿上厚厚的皮袍，两人便来到寒风刺骨的街上。可是，街上已雇不到马车，车夫们都被征去为军队运送辎重了。

载着伤兵、死尸的大车还在街上隆隆驶过。为了给车马让路，狄公和茉莉不得不紧贴着房屋墙壁前行。驾车的士卒，口中骂着脏话，驱着疲惫的马儿前行。

沿着狭窄的小路一路向前，茉莉领狄公来到一间小茅屋前。茅屋搭在又高又暗的货栈旁边，破败的门两侧各种着一棵松树，松枝被厚厚的积雪压伏着。

狄公从袖中掏出一两银子，递给茉莉，道："好了，本县这便要走了，驿馆……"话未说完，他一阵剧烈的咳嗽，便说不出话来。

"大人何不进屋喝一杯热茶，"她坚持道，"您现在不宜到处走。"说罢，她开门硬把狄公拽入屋中，狄公则咳个不停。

茉莉帮狄公脱下皮袍子，让他坐到茶桌旁摇摇晃晃的竹椅上，他咳嗽才平复一些。屋里又小又黑，但很暖和，屋角的铜火盆烧得很旺，堆满了炭块。她看狄公诧异的目光，遂冷笑着说："这就是卖身的好处。我们得了很多煤，军队配给。只要侍候好我们英勇的将士！"

她拿起蜡烛，就着火盆上点燃放在桌上，人便隐入后墙的帷幔之中。烛光摇曳，狄公四下打量，只见对面靠墙放着一张大床。帷幔拉开，露出皱巴巴的被衾和脏兮兮的双人枕。

突然，他听到一种奇怪的声音。他环顾四周，那声音从褪色的蓝布帘后传来，布帘遮住了靠墙的那片地方。他突然意识到，这很可能是个圈套。虽然小偷在街角被军曹们打得骨头都露出来了，但抢劫和斗殴仍然十分猖獗。他慌忙起身走到布帘前，一把拉开。

他不禁脸红了，只见靠墙摆着个婴儿木床，一个圆圆的小脑袋从打了补丁的厚被子里钻了出来。婴孩睁着一双大眼睛盯着狄公，甚是可爱。狄公急忙拉上布帘，又坐了下来。

那女子拿着把大茶壶走了进来。她给狄公倒了一杯，说道："大人请用。这是一种特别的茶，听说能治咳嗽。"

她走到布帘后，抱着孩子回来。她把孩子抱到床上，单手把被子铺平，又把枕头翻过来。

"这里乱，请大人见谅，"她把孩子放在床上，说道："就在县令大人让奴婢侍宴之前，奴婢还在这里接待了一位客人。"她一副满不在乎的样子，这也是风尘女子惯有的做派。她褪去长袍，只穿一条宽大的裤子坐在床上。她靠着枕头，长吁一口气，然后抱起孩子，放在左胸前。孩子心满意足地吃起奶来。

狄公呷了一口药茶，茶味虽苦，却让人好受了很多。过了一会儿，狄公问道："这孩子多大了？"

"两个月，"女人懒懒地回答，"是个男孩儿。"

他目光落在她肩上，一条长长的白色伤疤触目惊心，右边乳房受过伤，有一道宽宽的鞭痕。她抬起头，正好撞上狄公的目光。她漠然说道："哦，这并不是他们愿意的，是奴婢的过错。他们鞭打奴婢时，奴婢挣扎中，鞭梢卷过肩膀，鞭伤了奴婢的胸。"

"他们为什么要打你？"狄公问道。

"说来话长！"她敷衍着说道。她的注意力都在孩子身上。

狄公默默饮完了茶，感觉呼吸通畅了许多，但头仍隐隐作痛。他喝完第二杯后，茉莉把孩子抱回婴儿床，拉上了布帘。她走到桌边，伸展一下身子，打了个呵欠。指着床问："大人意下如何？奴婢已经休息了一会儿，茶水可不值一两银子呀。"

"茶极好。"狄公疲倦地说道，"远远超过了一两银子。"为了不至于让她尴尬，他马上又说道："本县不想让你染上这该死的疫病。本县再喝一杯就走。"

"大人请自便！"说着，她便在他对面坐下，说道："奴婢也想喝一杯，喉咙疼得如火烧一般。"

街上传来嘎吱嘎吱的脚步声，那是巡夜的更夫走在雪地上发出的声音。他们敲着木梆子，此时已是子夜时分。茉莉蜷缩在座椅里，手放在喉咙上，喘着气说："已是午夜了？"

"是，"狄公担心地说道，"如果我军不尽快反击的话，本县担心突厥人迟早会攻占此地。当然，我们还会把他们赶出去的。但是，你有这可爱的孩儿在身边，还是收拾收拾明早东去才是上上之选。"

她直直地望着前方，眼睛里充满了痛苦。过了一会儿，她似乎是自言自语地说道："还有三个时辰！"她看了看狄公，又道："奴婢的孩子？待到天明时分，他的父亲就要被砍头了。"

狄公放下杯子，惊呼道："砍头？冒昧问一句，孩子的父亲是什么人？"

"一个校尉，姓吴。"

"所犯何事？"

"并不曾犯什么事。"

"岂会无故被砍头！"狄公怒道。

"他是被冤枉的。他们说他掐死了同僚的老婆，军中判他死刑。他已被关在军中牢房里近一年了，批文一到便要被砍头。就在今日。"

狄公将了将胡子。"本县常与军中掌军纪的都尉们共事，"他说，"军中判案虽比不得民间审案细致，然效率颇高，且非常尽职，判错的时候不多。"

"但他们这次错了。"茉莉无奈地又道，"无法挽回了，一切都太迟了。"

"是啊，天一亮，他就会被处决，我们的确是无能为力呀。"狄公附和道。他想了一会儿，然后又说："何不将事情的来龙去脉告诉我？这样或许能让本县忘记烦恼，说不定还能帮助你一二。"

"也罢。"她耸了耸肩，道，"奴婢也是愁得厉害，难以入眠。且与大人说个大概吧。大约一年半前，大石口驻军的两名校尉常来光顾奴婢所在的妓馆，一个姓潘，另一个姓吴。他二人同属一个营盘，故常需共事，但两人脾性不投，根本就处不来。潘校尉是个懦弱小人，满肚子的花花肠子；未蓄胡须，像个书生，丝毫不像行伍中人。他口蜜腹剑，内心肮脏，姑娘们都不喜欢他。奴婢那郎君吴校尉则恰恰相反，他是个憨直的汉子，擅长拳术、剑术，身手敏捷，也喜欢和我们说笑。听人们说，士卒们信服他，都愿意为他赴汤蹈火。他不是众人所说的英俊，但奴婢爱他。除了奴婢，他也没其他什么人。他定期付钱给妓馆的老鸨，这样奴婢就不用伺候新主顾了。他允诺过，一升官便娶奴婢，所以当奴婢怀上他的孩子后也丝毫不介意。一般情况下，娼妓们有了孩子会打掉或者卖掉。但奴婢想要自己的孩子。"她喝光杯中的茶水，往上抹了抹额头上的头发，接着说道："一切顺遂。直到大约十个月前的一个晚上，姓潘的回到家中，发现他老婆被人掐死在床上，吴校尉则茫然不知所措地站在床边。姓潘的叫来巡逻的士卒，指控奴婢的郎君杀了他老婆。之后，两人都被带到军营大堂。姓潘的说，吴校尉一直纠缠他的老婆，一直未能得逞。这个虚伪的王八蛋说，他曾多次告诫吴校尉离自己的老婆远点，一则他们是同僚，二则他也不想向都尉告发！然后，姓潘的又说，吴校尉知道他当晚会在军械库值夜，于是便去了潘家，欲再行不轨。潘妻拒绝后，吴校尉勃然大怒，遂出手掐死了她。这便是事情的经过。"

"那吴校尉如何辩驳的？"狄公问道。

"吴校尉说，潘校尉就是一个卑鄙的骗子。他知道姓潘的素来憎恶他，潘校尉自己掐死了娘子，然后又诬陷于他。"

"你这位校尉，真不是个聪明人啊！"狄公冷冷地说道。

"可否等奴婢说完？吴校尉说，那天晚上，他经过武器库时，姓潘的和他打招呼，让他到潘家去看看，看他老婆是否有事，他说他老婆下午身体不适。吴校尉到了他家的时候，见前门开着，下人们都不在，也没人应门。他进了卧房，便发现了他老婆的尸体。紧接着，潘校尉冲了进来，大声叫唤着巡逻的士卒。"

"着实奇怪。"狄公说道，"军中是如何判的？噢，不，当然，你不可能知晓。"

"奴婢知道。奴婢就在场，和众人一起偷偷溜了进去。奴婢吓得浑身都湿透了。要知道，倘若被抓住，定会被重重鞭笞。都尉说，吴校尉与同僚之妻通奸，按律当斩。他说，他无意追究杀人之事，因为他的手下查过，潘校尉那日晚饭后便把下人们都打发了。他在军械库当班之时，还曾告诉巡逻的士卒，说有人警告他附近有小偷，潘校尉让他们照顾一下他家。都尉说，潘校尉有可能发现了他老婆和吴校尉勾搭在一起了，因此掐死了她。这是他的权利。按军法，如果他当场捉奸的话，甚至可以杀死吴校尉。他们是这么说的。但也有可能，潘校尉害怕吴校尉，所以采用这种迂回的方式对付他。都尉说，无论如何，这些已不重要。确凿的是，吴校尉与同僚妻私通一事，会有损军队士气。因此他必须被斩首。"

说罢，她便默声不语。狄公手捋髭须。过了片刻，他说："从表面上看，本县觉得都尉的判断完全正确。他的结论与你描述的两个人的性格大致相符。你凭什么这么肯定吴校尉没有和潘妻有染呢？"

"因为他爱奴婢，他不会多看其他女人一眼。"她马上说道。

狄公心想，这完全是妇人之见。话题一转，狄公问道："何人鞭打你，是为何事要鞭打你？"

"都怪奴婢太蠢！"她近乎绝望地说道，"审判结束后，奴婢对郎君大发雷霆。当时奴婢腹中已有了他的骨肉，而这卑鄙无耻之人竟然一直和潘妻鬼混！奴婢冲进大牢，向看守谎称是吴校尉的妹妹。奴婢一见到他，就朝他脸上啐了一口，骂他是个背信弃义的登徒子，然后就跑走了。事已至此，奴婢无法再接活，便静下心来仔细思量这件事。细想之下，我明白自己就是个傻子，愚蠢至极，吴校尉是真心爱我。两个月前，奴婢生下孩子之后，感觉身体稍微好些，便又去了军营大牢，想告诉吴校尉自己心中有愧。但是，想必吴校尉告诉守卫，说奴婢上次戏耍了他们——他说得极是，奴婢大声呵斥于他！待奴婢进去，他们就把奴婢绑在刑架上，狠狠鞭打了一顿。幸运的是，奴婢认识那个拿鞭子的狱卒。他下手并没有太狠，否则军营可能当场就要准备一副棺材了。当时，我的后背和肩膀被抽得皮开肉绽，鲜血直流，但我并不害怕，并撑了下来。'你和农民一样壮实。'父亲之前常常这样说我。那时为了交租，他被迫把奴婢卖掉。后来谣言四起，说突厥人要发动袭击。驻守边疆的统帅进京面圣后，边疆便开始打起仗来。由此，吴校尉的案子便也一拖再拖。今早收到批文，破晓时分便要行刑了。"

突然，她双手掩面，抽泣了起来。狄公缓缓捋着长髯，待她平静下来才问道：

"潘家夫妇婚后是否美满？"

"奴婢怎会知道？奴婢又不曾睡他们床下？"

"他们有孩子吗？"

"并无。"

"他们成亲多久了？"

"容奴婢想一下。大概一年半——这奴婢知道。当奴婢第一次遇到两位校尉时，吴校尉曾和奴婢说起，潘校尉被他父亲叫回家中成婚，是他父母做主定的亲。"

"那你可知他父亲姓名？"

"奴婢不知。潘校尉曾吹嘘说，他的父亲在苏州城鼎鼎有名。"

"那必是刺史潘维良了。"狄公立马说道，"他颇有声望，博

186

古通今。本县虽未曾与他见过，但读过不少他的书。甚好。他的儿子还在此地？"

"是的，就在大帅帐下。听大人如此称赞潘家父子，您还是去和他们这些卑鄙之徒结交吧！"她轻蔑地说道。

狄公起身。"那本县便如你所愿。"他自言自语地说道。

她嘴里说着脏话。"你们都一样！一丘之貉！"她厉声说道，"我庆幸自己是个老实的妓女！这位老爷挑剔得很啊，看来不想和只有一半乳房的女人上床，嗯？想把您的钱拿回去吗？"

"你留着吧！"狄公静静地说道。

"见鬼去吧！"她说罢，往地上啐了一口，遂背过身去。

狄公默默穿上皮袍，出门而去。

街上，到处都是士卒。他寻思，此事并不太好处理。即使他找到潘校尉，即使他能从潘校尉那儿打听到实情，以验证自己的推论，他也必须设法先见到元帅本人，眼下只有元帅才能下令缓刑。而此时元帅忙于处置重要的军情，大唐边境岌岌可危。再者，众人皆知，那个吴校尉又是个暴脾气。狄公牙关一咬，如此关头，任谁也无法阻止一个清白之人身首异处……

元帅府设在"御狩宫"，这是当今圣上为深爱之长子所修建的行宫。太子英年早逝，他生前常来西部边境狩猎，后来更死于远行狩猎。他的遗愿是葬在大石口。他的棺椁先是被安置在一个墓穴之中，待到太子妃棺椁运到此处才合葬于此。

每有百姓到帅府，守卫的士卒都万分小心，狄公颇费了些口舌才被准许入内。他最后被带到一个四面漏风的小小厢房中等候，传令兵把他的红色名刺交给了潘校尉。等了许久，一个年轻的校尉走了进来，只见紧身的锁子甲和宽大的剑带衬着他愈发的消瘦，铁盔下一张英俊的脸庞，透着冷酷，面皮白净，只留着黑色的唇髭。他生硬地见过礼后，便高傲地站在那里，一言不发，等狄公开口。当然，县令的官职要比校尉高得多，但潘校尉的态度暗示他，战时乃非常时期。

"请坐，请坐！"狄公高兴地招呼道，"本县常说，答应了就要做到。迟来总比不来好！"

潘校尉恭敬地在茶桌对面坐下，诧异地望着狄公。

"半年前，"狄公接着说道，"本县在经苏州去往兰坊赴任，曾与令尊晤面，相谈甚欢。要知道，本县闲暇时也喜爱读史！临行之前，令尊言道：'我之长子就在与你相邻的大石口县服役。倘若你碰巧去那里，请代为照料一二。这孩子有些时运不济啊。'正巧昨日元帅召本县来，临回兰坊，本县便想来看看你。"

"谢大人好意！"潘校尉困惑地低声言道，"适才有所怠慢，请大人见谅。在下不知……在下处境窘迫。前线战事吃紧，您看……"他大声招呼上茶。一个士卒拿来了一壶茶。"试……试问家父可曾说起在下之遭遇？"

"只说尊夫人不幸遇害。容本县哀悼……"

"家父原就不该逼在下成婚，大人！"校尉大声喊道，"在下告诉家父……试着告诉他……可他总是太忙，从不得闲……"潘校尉极力控制自己的情绪，继续说道，"大人您看，在下自觉年少无知，婚姻大事不可操之过急，便想请家父多缓些时候。譬如再过几年，待在下到大的州府驻防再做考虑。给在下多些时间妥善安排。"

"莫不是潘校尉有了心上人？"

"天地难容！"年轻的校尉大声喊道，"不，大人，在下自觉婚配不宜。时候未到。"

"尊夫人是被强盗所杀？"

潘校尉忧郁地摇了摇头，脸色一下变得惨白。"凶手是在下的一个同僚，大人。他是一个下作的登徒子，任谁都不能和他谈些体面正经的话。他谈的除了女人还是女人，总是陷在娘们的那些龌龊小伎俩……"年轻人吐出最后几个字。他很快地喝了一口茶下去，然后淡淡地说道："他试图引诱在下的娘子，遭到拒绝后，他便掐死了她。今日黎明，他就要被斩首了。"说罢，他突然把脸埋在双手里。

狄公静静地注视着这个不幸的年轻人。过了一会儿，他温言说道："是的，你确实很不走运。"狄公站起身，正言道："本县须得再见一次元帅大人。烦请前面带路。"

潘校尉赶忙起身，领狄公来到一条长廊，此时传令兵们正往来奔忙。他说道："在下只能送大人到前厅这里了，元帅那里只有最高等级的几位将军才能进去。"

"无妨。"狄公说道。

潘校尉领着狄公来到大厅，里面挤满了往来的军官。潘校尉说他在厅外候着，等狄公出来送他出去。狄公一进大厅，喧闹的大厅突然安静了下来。一位都尉走过来，匆匆瞥了一眼狄公的官帽，冷冷言道："县令大人，到此有何贵干？"

"本县有要事求见元帅大人。"

"不可！"都尉断然回绝道，"元帅大人此时正商谈军事，特命在下在此把守，外人不得打扰。"

"事关一条人命。"狄公正色道。

"你说的不过是一条人命而已！"都尉冷笑着说道，"元帅考虑的可是二十万军民的性命，县令大人！在下这就送您出去吧？"

狄公面色苍白。他显然是落了下风。都尉恭敬却不容辩驳地就要送狄公到门口，"在下相信您会理解的，县令大人……"

"县令大人！"另一个都尉急匆匆跑了过来，尽管天气寒冷，但他却是汗流满面。"大人可知狄县令现在何处？"

"本县便是狄仁杰。"狄公答道。

"谢天谢地！在下找您找得好苦！元帅想要见您！"

他拽着狄公的袖子一路出了前厅，来到一条昏暗的回廊，厚厚的毛毡帷幕屏蔽了所有的声响。他打开回廊尽头那扇沉重的门，让狄公进去。

巨大殿堂里，静得出奇，一群身披华丽盔甲的高级将官站在巨大的桌案之前，桌案上堆满地图和公文。众人默默地望着元帅，身材魁梧的元帅双手背在身后，在大殿里来回踱步。

他身披普通的铁甲，铁肩板已有些磨损，穿一条松垮的骑兵皮裤；高高的头盔上，盘着的金龙高仰着带角的头。元帅脚步沉重地踱来踱去，腰带上挂着的佩刀刀尖时不时碰在大理石地砖上咔嗒作响。

"他们说你擅长解谜，是吗，狄大人？"（高罗佩 绘）

狄公跪下行礼，都尉走到元帅身边，立身行礼，匆匆说了几句。

　　"狄仁杰？"元帅吼道，"这里用不着他了，让他走！不，等等！下令撤退之前，本帅还有时间。"说罢，他对狄公吼叫道："嘿，别趴在地上了！到本帅这儿来！"

　　狄公赶忙起身，来到元帅跟前，深深一揖后，挺直了身子。狄公身材高大，但元帅比他还高两寸。元帅拇指勾住剑带，右眼凶狠地瞪着狄公。他左眼蒙着黑眼罩——在北方战役中，眼睛被突厥人的箭射中。

　　"传言说，你擅长解谜，是吗？狄大人？好，本帅要给你一个谜题！"他回身桌旁，喊道："刘将军、毛将军过来！"

　　两个身穿甲胄的将军急急忙忙从桌边的人群中走了出来。狄公认出身穿金甲的瘦削汉子是左军统领刘将军，那个身着金甲、头戴银盔的宽肩矮胖子是掌管军纪的毛将军，而右军统领桑将军却不在。元帅之下，便是这三个将军了。如今边境危急，圣上把百姓和大唐的命运都交托于他们手中。狄公向众人深深一揖，两位将军却木然呆立。

　　元帅大步穿过大殿，踢开一扇门。众人跟在后面，默默穿过几条宽阔无人的回廊，三位将军的铁靴踏在大理石地板上，发出空空的回响。众人又拐过一道宽楼梯，见楼下有两个宫中的侍卫正在那里待命。元帅大手一挥，侍卫缓缓推开沉重的大门。

　　众人进入一个拱顶的石室。密闭的高墙之上每隔一段距离，便放着几盏高大的银质油灯，灯光昏暗。石室中央放着两个巨大的红漆棺椁，红色乃复活之色。两个棺椁形制一样，各长三丈、高一丈五、宽一丈。

元帅上前拜了一拜，其他三人也跟着叩拜。元帅指着棺椁，回身对狄公说道："狄大人，这便是你要解的谜题了！今日午后，正当本帅准备下令进攻之时，桑将军密报，说刘将军有叛国之嫌。他说刘将军与突厥可汗秘密缔约，一旦我们发起反攻，刘将军便会率兵倒戈。事成之后，刘将军会得到大唐南部的一半土地作为回报。至于反叛的证据是什么，桑将军说，刘将军在太子的棺椁中藏了两百套盔甲，每套都配有头盔和宝剑，上面都标有叛军的标志。时辰一到，刘将军的亲信便会劈开棺椁，穿上那些带有标记的盔甲，杀光未参与叛变的其余众将。"

狄公听罢，大吃一惊，遂飞快地瞥了刘将军一眼。这个瘦削的汉子僵直地站在那里，脸色苍白，表情木然，眼睛盯着前方。

"本帅信任刘将军，就如同相信自己一样。"元帅下巴一抬，咄咄逼人地继续说道，"但桑将军久经沙场，战功赫赫。本帅现在是进退两难，不能冒险妄为。但是，本帅须得尽快查实这一指控。反攻的计划已然妥当。刘将军率一万五千先锋军切入突厥骁骑营一翼后，本帅便会亲率十五万大军驱逐突厥狗，让他们滚回自己的地盘。种种迹象表明，现在风向要变，一旦延误战机，我们将会有一场血雨腥风的正面厮杀。

"本帅和毛将军的亲信对太子棺椁细细查过，查了个把时辰，但并未发现有人动过棺椁。桑将军言之凿凿，说他们是先是揭掉一层红漆，在棺身上凿洞后，把东西放了进去，然后再用红漆封上。据他所言，有人能做到天衣无缝而不被人发现。或许有这样的人吧，但本帅必须得有确凿的证据。本帅可不敢开棺查验，亵渎太子殿下的棺柩——没有圣上的特许，本帅甚至都不能碰一下——而如果要上奏朝廷，来去最少也要六日。另外，桑将军之指控是否是无中生有，在确认此事之前，本帅也不敢冒险反攻。如不能在一个时辰内解决此事，本帅也只得命大军撤退。狄大人，看你的了！"

狄公绕着太子棺柩走了一圈，后又粗略检查了一下太子妃的棺柩。他指着地上几根长杆问道："此物做何用？"

"让人把棺身支起来一些，"毛将军冷冷言道，"为的是确认棺柩底部是否被人动过手脚。所有人力所能及之事都已试过了。"

狄公点了点头，若有所思地说道："本县曾读过一段关于这座宫殿的描述。本县记得上面说，太子的遗体先是被敛入金棺之内，然后再置入一银棺之内，最后再放进一铅棺中。各层棺柩之间塞满了太子的饰品和宫服。石棺之内是厚重的楠木棺，木棺外涂了一层红漆。太子去世两年后，太子妃去世。太子妃下葬时，棺柩也是依太子棺柩形制入葬。不过，太子妃生前爱乘船游湖，遂又在宫殿后面建了一个很大的人工湖，湖上放着仿照太子妃和宫女们当年游湖的船。是这样吗？"

"的确如此，"元帅咆哮道，"这件事人人皆知，休要胡扯其他，狄仁杰！说重点！"

"元帅可否借下官工兵一百？"

"做何用？本帅不是说过吗，不能损坏太子棺柩！"

"下官担心突厥人也知道棺枢的事，元帅。攻占此地后，他们便会破开棺枢，将其中的宝物洗劫一空。为了不让突厥人亵渎太子棺枢，下官提议，可将棺枢沉入湖中。"

元帅目瞪口呆地看着狄公，然后吼道："你个蠢东西！你不知那棺枢是空的吗？何来下沉一说。你……"

"大人，自不必沉入湖底！"狄公赶紧解释道，"这样说，只不过是为处置棺枢提供一个说辞罢了。"

元帅睁着独眼狠狠地瞪着狄公。突然，他叫道："上天助我，你是对的，狄仁杰！"说罢，他回身向毛将军大声吩咐道："速派一百工兵来此，备好绳索及圆木！快！"

毛将军快速跑上楼后，元帅一边踱步，一边喃喃自语。刘将军偷偷注视着狄公，见狄公仍然站在太子棺枢前，双手拢在袖里，静静地凝视着棺枢。

不一会儿，毛将军回来了，后面跟着几十个精壮的士卒。这些人身穿褐色皮衣裤，戴着皮质的尖帽，围着长长的护颈和耳套。只见他们中的一些人扛着圆木，另一些人扛着结实的粗绳。他们都是工兵，擅长挖掘隧道、装配攀爬城墙的索具、用水下屏障阻塞河流、保护军寨等等战争中的特殊技能。

元帅命令一下，十几名工兵冲到石室后面的高门前，把门大开。阴冷的月光洒在宽阔的大理石平台上，三道楼梯通向湖中深处，湖面上覆盖着一层薄薄的冰。

其他工兵如忙碌的蚂蚁一般，团团围住太子棺枢，几乎没有一点声音。工兵们打着手语互通消息。他们是如此安静，如果是在建筑物正下方挖隧道，只有当墙壁和地板突然塌陷时，里面的人才会意识到发生了什么。三十名工兵用圆木作为杠杆，把太子的棺椁支了起来；另一组人把圆木支在石棺下面，还有一组人把粗绳绑住巨大的棺椁吊起。

元帅看了好一会儿，随后走到大理石平台上，狄公和众将军紧随其后。他们静静地伫立在水边，望着冰冻的湖面。

突然，众人听到身后传来低沉的隆隆声。巨大的棺椁随圆木慢慢出了大门。几十个工兵用粗绳拉着棺椁前进，而其他工兵则不停地在往棺椁下面放上新的圆木。棺椁被拖过平台，然后沉入水中，如同船的残骸要下到水中。冰面裂开，棺椁上下晃了一会儿，只有约七成没入水中。冷风吹过结冰的湖面，狄公剧烈地咳嗽起来。他把领巾拉上来掩住口鼻，向工兵校尉招了招手，又指了指后面石室里的太子妃棺椁。

又是一阵隆隆声，第二具棺椁滚过平台。工兵们把棺椁推入水里，让它浮在太子棺椁旁边。元帅弯腰看着两个棺椁，比较着吃水线。太子妃的棺椁似乎比太子的稍重一些，其他并无不同。

元帅直起身，"啪"地拍了一下刘将军的肩膀。"本帅就知道！本帅可以信任你，刘将军！"他大声叫道。"还在等什么，将军？传令，带着你的人上阵吧！本帅三个时辰后就跟上。保重！"

刘将军严肃的脸上慢慢露出了笑容。他向元帅敬了个礼，然后转身大步出了石室。工兵校尉走过来，毕恭毕敬地对元帅说道："元帅，接下来，我们要用重铁链和巨石称出棺椁的重量，然后我们……"

"本帅犯了个错误，"元帅打断他道，"把棺枢拉回来，放回原地。"他对毛将军吼道："带一百人去西门外桑将军的营地，以叛国罪逮捕他，将他押解回京。高将军去接管他的军队。"说罢，他回身对还在咳嗽的狄公说道，"你明白的，是不是？桑将军年纪比刘将军大，他不能容忍刘将军与他平起平坐。姓桑的这个狗娘养的东西，与突厥可汗勾结，你不明白吗？他诬告刘将军，只是为了阻止我军反攻。一旦我军撤退，他就会和突厥人夹击我们。别再咳了，狄大人！你咳得让人心烦。这里的事解决了，我们走吧！"

议事厅里忙碌非常，几张大地图摊在地上，众将领正审视着反攻计划里的每个细节。一位将军兴奋地对元帅说道："元帅，在这些小山后面增加五千兵力，如何？"

元帅俯身看着地图。很快，他们便热烈地讨论起复杂的战略问题。狄公焦急地看了看角落里的那个大滴漏，再过一个时辰，天就要亮了。他走到元帅跟前，迟疑地问道："下官冒昧，还有一事请元帅示下。"

元帅直起身，暴躁地问道："嗯？何事？"

"下官想请元帅再审吴校尉的案子。黎明时分，他就要问斩了，但他是清白的。"

元帅涨红了脸，咆哮道："大唐的命运尚且危在旦夕，您竟用一个可怜人的生命来打扰本帅？"

狄公定定地盯着那只转来转去的眼睛，平静地说道："倘若军事使然，牺牲一千个人都无可厚非，元帅大人。但是，如果不是必须牺牲，哪怕是一条人命，也不可白白失去。"

元帅正要破口大骂，但还是克制住了。他苦笑着说道："如果你厌倦了那些庸俗的平民案子，你就来找我吧。老天，本帅让你当个将军！你说，要重审此案？胡说八道，本帅要就地解决此事！就在当下！你下令吧！"

狄公转向身边的都尉，他是听到元帅的咒骂声跑来的。狄公说道："有个姓潘的校尉在前厅门口候着。他诬告一吴姓校尉犯有谋杀罪。烦请你把他带过来吧。"

"把他的顶头上司也一并带来！"元帅加了一句，遂又喊道："快去！"

都尉急忙跑向门口，门外传来一阵低沉的号声。声音越来越大，穿透了宫殿厚厚的墙壁。那是长长的铜号，吹响了准备进攻的集结号。

元帅宽阔的双肩一展，笑容满面地说道："听啊，狄大人！这是世上最美妙的乐曲！"说罢，他回身望向地上的地图。

狄公目不转睛地盯着入口。都尉很快便又回来了，一位年长的军官和潘校尉跟随其后。狄公对元帅说："他们来了，大人。"

元帅转过身，两手大拇指插进剑带，怒视着两人。两人直直挺立着，全神贯注。这是他们第一次与大唐帝国最有威望的元帅面对面。这位巨人对年长的军官吼道："把校尉的情况如实说来！"

"治军不凡，自律严明。但不能与他人相处，毫无对敌经验……"军官喋喋不休地说道。

"这个案子你怎么断？"元帅问狄公。

狄公对年轻校尉冷冷言道："潘校尉，你委实不适合婚姻之事。你对女人毫无兴趣，你之所爱乃是你的同僚吴校尉，但他却唾弃你。于是，你掐死你的娘子，并嫁祸给吴校尉。"

"所言属实？"元帅大声责问潘校尉。

"是的，大人！"潘校尉恍惚答道。

"把他带出去。"元帅命令都尉，"用细藤条慢慢将他抽死。"

"大人，请手下留情！"狄公急忙插话道，"校尉成亲，乃是迫于父命。他之天性，与他人不同。他自己无法处理因之而起的感情问题。下官建议，请大人准他自尽。"

"准了！"元帅对潘校尉说道，"你能否像个军人那般去死？"

"是的，大人！"潘校尉又应了一声。

"送校尉上路！"元帅冲着潘校尉的上司怒吼。

潘校尉解开紫色领巾，递给自己的上司。接着，他拔出佩剑，跪在元帅面前，右手握住剑柄，左手抓住剑尖，锋利的剑刃深深划过他的手指，但他似乎并不在意。他的上司走到他身边，手里拿着展开的领巾。潘校尉抬起头，望着元帅高大的身影，喊道：

"吾皇万岁万岁万万岁！"

喊罢，他猛一挥剑，割断了自己的喉咙。他的上司赶忙把领巾紧紧地缚住瘫软的脖子，防止血溅出来。元帅点点头，对潘校尉的上司说道："潘校尉之死，总算不辱身份，以军官之礼葬他！"转而他又对狄公说道："你去照应他那个同僚吧。无罪释放，官复原职。"说罢，他边俯身看地图，边对都尉吼道："在这个山谷的入口再加五千兵力！"

当四个传令兵把潘校尉的尸体抬到外面时，狄公走到大桌子前，抓起一支毛笔，迅速在元帅的公文纸上写下了几行字。一旁的都尉盖上元帅的大印，并签字。狄公跑出门时，飞快地瞥了一眼滴漏，他还有一刻时。

宫殿到军中大牢相距不远，但狄公却颇费了些时间才到。街上挤满了骑兵，他们每排六人，高高地举着长戟，让突厥人胆寒。战马膘肥体壮，战士的盔甲在朝霞里闪闪发光。这是刘将军的先锋队，大唐军队的中坚力量。接着，传来了深沉的阵阵鼓声，催促元帅的人马加入他们的行列。强大的反攻开始了。

狄公手持盖着元帅大印的手令，一到大牢就见了牢头。四个狱卒带着一个体格健壮的年轻人走了出来。他那拳师般粗壮的脖子已经剃过汗毛，等着刽子手的大刀。牢头向他宣读了公文，尔后命一名副手帮吴校尉套上盔甲。吴校尉戴上头盔后，牢头亲自把剑还给了他。狄公发现，虽然吴校尉看起来并不聪明，但他长得讨人喜欢，看上去甚是开朗。"过来！"他对吴校尉说道。

吴校尉惊得目瞪口呆。他看着狄公的乌纱帽，然后问道："县令大人，您怎么会插手这个案子？"

"噢，"狄公含糊回答道，"案子在审理之时，本县碰巧在元帅帐中。他们现在都忙于军务，便叫本县来处理这些手续罢了。"

当两人走到街上时，吴校尉嘟哝道，"下官被关在大牢快一年了，下官已无处可去。"

"你且随本县来。"狄公说道。

两人走到街上，吴校尉听到鼓声隆隆。"大军终于开拔反攻了，是吗？"他忧郁地说道，"也罢，下官还来得及赶回军中。战死沙场，死得其所。"

"为何你要求死？"狄公问道。

"为何？因为下官就是一个大傻蛋，这便是原因！下官从未与潘妻有染。但下官辜负了一个好女人，她到大牢来看下官，却被鞭打死了。"

狄公还是没作声。两人穿过安静昏暗的街道，在一个货栈旁的小茅屋前停了下来。

"这是什么地方？"吴校尉问道，一脸惊恐。

"一个勇敢的女人，带着她给你生的儿子在此栖身。"狄公简短地答道，"这便是你的家，校尉。就此别过。"

说完，他快步走开。

转过街角时，一阵冷风迎面吹来，狄公把领巾拉上来遮住鼻子和嘴巴，止不住咳嗽。他只盼着驿馆里的店小二已经起来了，回去他便能喝上一杯热茶。

除夕「血」案

【短篇小说】

本案亦发生在兰坊县。通常，县令的任期为三年。然而，狄公在兰坊已任职四年。到了674年（大唐高宗上元元年），狄公仍然没有接到朝廷准许他调任的消息。故事发生在一年最沉闷的除夕夜。在此之前，狄公所破罪案中，从无误判。然而，在本案中，大家看到，狄公犯了两大错误。但这两个错误最终得出了正确的结果，令人出乎意料！

狄公把最后一册卷宗收好，刚要锁上书案抽屉时，突然打了个寒战。他站起身，把他那件加了内衬的睡袍往身上裹了裹，裹住他高大的身躯。他穿过冰冷寂寞的二堂，来到窗前。他推开窗，见县衙里一片漆黑，遂又很快关上窗子。雪已经停了，但刺骨的寒风差点吹灭了书案上的蜡烛。

狄公走向靠墙的软榻。他叹了口气，铺开被子。那一夜，是他在兰坊辛劳一年的最后一夜，也是他在二堂孤枕独眠的第四夜。除了几个仆人之外，他在县衙后面的私邸里再无他人。两个月前，他的大夫人带着二夫人、三夫人和孩子们一同回乡去看望大夫人年迈的母亲，随行的还有他忠实的老随从洪亮。明年早春时节，他们便会回来——但在这个寒冷而孤寂的夜晚，春天似乎离得很远。

狄公拿起茶壶，给自己倒了最后一杯茶。令他难过的是，茶水已经冷了。他正要拍手唤书吏添茶，这才想起他让衙门里的人都去歇息了，包括他的三名随从。此刻，身边只有守卫大门的衙役。

他把软帽拉下来护住双耳，拿起蜡烛，穿过黑暗、空荡的档案馆，向衙役值房走去。

衙役值房的青石地中央烧着柴火，四名衙役正蹲着烤火。见狄公进来，四人吓得跳将起来，急忙扶正帽盔。只有班头背朝着狄公，狄公只看到班头宽阔的后背。他头探出窗外，正狠狠地咒骂着什么人。

"嚷嚷什么呢？"狄公喝道。班头转过身，忙打躬作揖。狄公草草吩咐道："大年夜的，好生说话。"

那个班头嘟囔着，说这么晚了，一个无礼的叫花子竟敢来县衙捣乱。"猴崽子居然要小的帮忙找他娘！"他厌恶地加了一句，"难道把小的当成乳母了吗？"

"不是吧？"狄公冷冷说道，"但到底是怎么回事？"他走到窗前向外望去。

下面的街道上，一个瘦小的男孩正蜷缩在墙边避风，月光照在他泪痕斑斑的脸上。只听他叫道："都是……地上到处都是！我滑倒了，掉在里面……娘不见了！"

他先是盯着自己的小手看，然后又想在他那件打了补丁的薄单衣上擦干净。狄公看到他手上有红色的污迹，遂急忙回身对班头说道："备马，带两个人跟我来。"

狄公一出门，就把孩子抱起来，放在马鞍上。接着，他脚踩马镫，慢慢坐在男孩身后。他眉头紧蹙，想起不久前他还能骑在马上，而最近则饱受风湿困扰。他突然感到疲惫，深觉自己老了。在兰坊四年……他努力控制住情绪，用欢快的声音对哭泣的男孩说道："我们一起去找你的娘！你爹是谁？家住何处？"

"我爹是货郎，姓王。"男孩强忍着眼泪说道，"我们住在孔庙往西的第二条巷里，离水门不远。"

"这容易！"狄公说着，遂小心骑马沿着白雪覆盖的街道走。班头和两个衙役默默跟在后面。一阵大风吹过，屋顶上的雪被刮了下来，细小的颗粒像针扎一般飘落在他们的脸上。狄公擦了擦眼睛，又问："孩子，你叫什么名字？"

"我叫小宝，大人。"男孩用颤抖的声音回答。

"小宝，小小宝藏之意。"狄公说道，"多好的名字啊！你爹在哪儿？"

"我不知道，大人！"男孩不高兴地叫道，"我爹一回家，就和娘大吵了一架。娘没有准备吃的，她说家里连面条都没有。然后……爹就开始骂娘，他大叫着说我娘一下午都在跟当铺的沈老掌柜鬼混。娘哭了，我便跑了出去，想着或许能从杂货铺赊一包面条，好让爹爹舒心些。可是，杂货铺里的人太多了，我挤不进去，只好往回走。可是回家一看，爹娘都不见了，到处都是血。我滑倒了，我……"

他大哭起来，瘦小的身板一抽一抽的。狄公搂紧男孩，用皮裘将他裹住。两人默默无语，骑马一直往前走。

当看到孔庙的大门在冬日的天空下若隐若现时，狄公下马，把孩子抱了下来。他对班头说道："我们快到了，把马留在大门口，最好不要说我们来了。"

众人走进窄巷，见两边是摇摇欲坠的木屋。男孩指了指半开着的临街小门，但见纸窗内灯光昏暗，二楼倒是灯火通明的，不断传来嘈杂的歌声和喊叫声。

"何人住在楼上？"狄公在门口停住，问道。

"是刘裁缝。"男孩说道，"他家今晚请人吃饭。"

狄公说："小宝，你带班头上去。"说罢，他又吩咐班头说："把孩子交给楼上的人，把那个姓刘的带来回话。"说罢，他进了屋，两个衙役跟在他身后。

寒冷的屋子里空荡荡的，只有角落里摆着个摇摇欲坠的架子，上面的油灯噼啪作响。屋当中一张粗糙的大桌上，摆着三个裂了口的陶碗，旁边放着一把大菜刀，上面溅满了血。地上的血更多，有一大摊血。

年纪大些的衙役指着菜刀喊道："大人，有人用这把刀杀人了！"

狄公点点头，遂用食指摸了摸菜刀上的血，发现血还未干。他环顾四周，飞快地扫了一眼，昏暗的屋子里，靠墙放着一张大床，大床上围着褪了色的蓝布帷幔，左边靠墙放着一张没有帷幔的小床，显然是那孩子的。光秃秃的灰泥墙东补一块西补一块。

狄公走到大床边那扇关着的门前，发现门后是个小厨房，炉子里的灰是冷的。

回到屋里，年轻的衙役冷笑着说："大人，这地方，强盗都不会来！小人听说过王货郎，穷得要命！"

"为情杀人。"狄公一语概之。他指着床边地板上的一块丝帕。灯光摇曳，可见丝帕之上用金线绣着大大的"沈"字。狄公接着说道："男孩离家去赊面条，货郎发现了妻子情夫留下的手帕。两人本已吵得不可开交，此时他忍无可忍，拿起菜刀杀了妻子。老一套，老一套。"狄公耸了耸肩。"他一定是去藏尸了。货郎可是个壮汉？"

"壮得像头牛，大人！"年纪大些的衙役回答。"小人经常见他从早到晚背着沉重的木箱走街串巷。"

狄公瞥见门边有个盖着油布的大箱子，遂缓缓点了点头。

班头推着个瘦瘦的高个男人走了进来。那人看起来醉得不轻。他东倒西歪地站着，一双狡黠的小眼睛迷迷糊糊地看着狄公。班头抓住他的衣领，强按他跪下。狄公抱着双臂，简短说道："这里发生了一起凶杀案，把你听到和看到的都如实说来！"

"定是那女人的错！"裁缝粗声粗气地咕哝着，"老是东游西荡，看也不看我，我这样一个正直的好人！"他打了个嗝。"在她眼里，我跟她相公一样，都是穷光蛋！她要的是当铺东家的钱，那个荡妇！"

"嘴巴放干净点！"狄公生气地喝道，"回答本县的问话！这里的天花板只是一层薄木板，想必你听到了他二人争吵！"

班头朝他的肋骨踢了一脚，吼道："快说！"

"小人什么也没听见，大人！"裁缝吓得哀号道，"楼上那些王八蛋都喝醉了，他们一直又喊又唱！小人那个蠢女人把碗打翻了，她醉得连擦东西的力气都没有。过了好一会儿，小人才把她摇醒，让她起来干活。"

"没人出屋子吗？"狄公问道。

"没有！"裁缝咕哝着说。"这帮人都只顾着眼馋李屠夫为我家宰的猪！谁来烤呢？小人我！那些家伙只会祸害小人的酒，他们太懒了，连煤火都烧不好！弄得屋里满是烟，小人只好打开窗户。那会儿，小人看见那个荡妇跑了出去！"

狄公眉毛一扬，沉思片刻，问道："她相公可是和她一同出去的？"

"她会要他跟着？"裁缝冷笑道，"她巴不得一个人！"

狄公赶忙回过身去，弯下腰仔细检查地板。他注意到，在那些杂乱的、血迹斑斑的脚印中，有尖头的小脚印一直走到门口。他焦虑地问裁缝道："她往哪个方向去了？"

"往水门去了！"裁缝闷声答道。

狄公套上皮裘，命令衙役道："把这无赖带回楼上！"走到门边，他又急急对班头低语道："你留在此等着本县。如果姓王的回来，就把他抓起来！姓王的和妻子争吵，发现手帕时，想必当铺东家刚巧来拿手帕。姓王的遂杀了姓沈的后，他妻子便逃走了。"

狄公出门，踩着积雪走到相邻的街上。他上马，以最快的速度向水门奔去。"一条人命足矣。"他心内暗忖。

狄公在通往水门的石阶前下了马。他沿着陡峭的石阶向上走，雪已上冻，路滑难行。水门之上，他看到一个女人站在远处的水门边，身上披着袍子，正弯腰俯视着下面的河水。

狄公跑过去，抓住她的胳膊。"万万不可！"他厉声喝道，"你即使寻了短见也无法让死者复生呀。"

那女人往后一缩，靠在水门的辅墙上，睁大眼睛惊恐地望着狄公，嘴巴大张着。狄公看她脸色憔悴，但仍有那么几分娇俏。

"您一定是从衙门来的！"她支吾着说道，"这么说，他们发现我可怜的相公杀了他！这都是我的错！"说着，她撕心裂肺般哭了起来。

"他杀的可是当铺的东家沈老爷？"狄公问道。

她绝望地点点头。接着，她喊道："我真是个傻瓜！我发誓，我和沈老爷之间并无牵扯，我只是想逗相公一下……"说着，她把额头上湿漉漉的头发往上抹了抹。沈老爷跟我定做了一套丝帕，准备送给他的爱妾作为新年礼物。我没有告诉相公，为的是拿了这笔钱给他一个惊喜。今晚，相公发现我正做着的最后一块手帕，他拿起菜刀，大喊着要杀了我和沈老爷。我逃到屋外，想着到邻街找我妹妹。可是，她家中房门紧闭。当我再回到家里时，相公已经走了……到处都是血。她用手捂着脸，抽泣着说道："沈老爷……他一定是来拿手帕的……相公杀了他。都是我的错，要是相公有个……我该怎么活？"

"记住，你还有儿子要照顾。"狄公打断了她。他紧紧抓住她的胳膊，扶着她下了台阶。

回到屋里，他叫班头把那女人带到楼上。班头依言送那女人上楼。狄公说道："我们靠墙站在门边守着，只等凶手回来就行了。姓王的杀了沈老爷，然后出去埋尸。他本打算回来再清理现场，但他儿子把我们带到了这里，他的计划泡汤了。"过了一会儿，狄公叹了口气，又说："我为那个男孩感到难过，他是个可爱的小家伙！"

四个人靠墙分立在门两侧，狄公就站在货郎的木箱旁边。此时楼上有人在争吵，声音粗鲁。

突然，门开了，一个膀大腰圆的大个子男人走了进来。还没等他回过神来，衙役们扑上去，用铁链把他的手臂反绑在后面，把他按倒跪下。一个裹着油纸的包从他的袖子里掉了出来，面条掉在了地上。一个衙役把纸包踢到了墙角。

楼上有人在动武，天花板嘎吱作响，还往下塌着。

"不要糟蹋了好吃的！"狄公对那个衙役怒吼一声，"捡起来！"

受了责备的衙役赶忙把面条捡起来，放在桌上，嘴里嘟哝着："什么好东西，天花板上掉下来的灰都把它弄脏了。"

"这混蛋右手上有血，大人！"正检查王货郎身上铁链的班头兴奋地叫道。

王货郎睁大眼睛盯着地板上的血，嘴唇微微在动，但没有发出声音。他抬起头望着狄公，吐出一句："我的娘子在哪里？她出了什么事？"

狄公坐在木箱上，双手拢在袖中，冷冷地说道："在这里只有本县才能问话！且说说……"

"我娘子在哪？"王货郎发疯似的叫了起来。他挣扎着想站起来，可班头用鞭柄狠狠地打他的头。他茫然地摇了摇头，结结巴巴地说道："我的娘子……我的儿……"

"快说！今晚这里发生了什么事？"狄公问道。

"今晚……"王货郎沉闷地说出两个字，又犹豫着。

班头给了他一脚，吼道："快回话，如实招来！"

王货郎皱起了眉头。他看了看地板上的血，这才开口说道："今晚回家的路上，杂货铺的东家告诉小人，说当铺东家沈老爷去了我家。小人进了家门，什么吃的都没有，连当年夜饭的面条也没有。小人跟娘子说，小人不想再要她了，她可以去找那个姓沈的了，住他家去。小人说，我不在家时，邻居们都知道那姓沈的来过。她没说'是'，也没说'不是'。后来，小人在床边发现了那条丝帕，便去拿刀。小人要先杀了她，再去收拾那个姓沈的家伙。但当小人拿着菜刀从厨房出来时，娘子已经跑掉了。小人抓起丝帕，想在割断姓沈的喉咙之前把丝帕扔到他脸上。没想到，小人的手却被插在丝帕上的针扎破了。"

王货郎顿了一顿。他咬着嘴唇，咽了咽口水，说道："那时小人才知道，自己就是个十足的傻瓜。丝帕并非沈老爷遗落的，而是他向娘子定做的，这一块是还没绣好的……小人出去找娘子。小人去了她妹妹家，但她家里没人。然后小人又到沈老爷的典当行，想着典当了小人的袄给娘子买件好东西。但沈老爷说，他向娘子定做了二十块手帕，还欠我一串铜板。他说今天下午去小人家的时候，丝帕还没有绣完，但他的爱妾对之前送去的丝帕甚是满意。他说，今天是除夕，他无论如何也得把钱给我。于是，小人给娘子买了一包面条和一朵绢花，便回家来了。"他盯着狄公，突然说道："告诉小人，她出了什么事？她现在在哪？"

班头一阵狂笑。他叫道："听听这狗东西都说了些啥啊！这杂种就是想拖时间！"班头举起鞭柄，问狄公道："大人，我要不要把他的牙打掉，好让他痛快点儿招供？"

狄公摇了摇头。他缓缓捋着长髯，定睛望着跪在面前的货郎那张憔悴的脸。他命令班头："看看他身上有没有绢花！"

班头把手伸进货郎的怀里，掏出一朵红色的绢花。他把绢花举到狄公面前，然后轻蔑地扔在了地板上，一脚便踩了上去。

狄公站起身，走到床边，捡起丝帕仔细看了一遍。然后，他走到桌边，站了一会儿，低头盯着油纸上的脏面条。屋内一片静寂，唯一听到的是那个跪着的男人粗重的呼吸声。

突然，楼上又是一阵喧闹声。狄公抬头看看天花板，遂吩咐班头道："把那两个带到这里来！"

货郎一见到自己的妻儿，高兴得张大了嘴。他喊道："谢天谢地，你们都平安无事！"他本想跳起来，但衙役们又粗暴地把他按了下去。

女人猛地扑倒在跪着的男人面前。她呻吟着说道："原谅我，原谅我！我太蠢了，我只是想与你开个玩笑！看我做了什么，我都做了什么！……他们会把你抓走，然后……"

那货郎一见妻儿……（高罗佩 绘）

"起来，你们两个！"狄公声音严厉地打断了女人的话。见狄公不容分辩，两名衙役遂松开了王货郎的肩膀。

"把铁链从他身上取下来！"狄公命令道。班头惊得目瞪口呆，但还是按吩咐解开了铁链。接着，狄公对王货郎说道："今晚你那愚蠢的嫉妒心差点害你失去你的娘子。是你的儿子及时来告本县，才避免了一场可怕的悲剧。记住今晚的教训——你们夫妇两个。除夕是一个值得纪念的日子。要记住上天赐予你们的福分，要记住那些我们常常认为理所当然而又很快忘记的恩赐。你们彼此相爱，身体健康，又有一个好儿子。这比许多人都强！从今以后，你们要努力证明自己配得上这些福分！"说罢，他回身拍了拍小男孩的头，又说："为了不让你忘记，你把孩子的名字改成大宝。那是'大宝藏'的意思！"

狄公向三个手下招呼一下，遂向门口走去。

"可是……大人，那杀人之事……"女人支吾着问道。

狄公在房门口停了下来，淡淡地笑着说道："没人被杀。楼上的人杀了一头猪，裁缝娘子打翻了装着猪血的碗。她喝得醉醺醺的，没有马上把血擦干净。猪血从天花板的裂缝漏下来，流到这屋的桌子和地板上。好了，告辞！"

那女人用手捂住嘴，抑制住喜悦的叫声。男人对她傻笑了一下，然后弯下腰捡起绢花。他笨拙地把花瓣抚平，走到她跟前，把花插在她的鬓边。男孩抬头看看自己的爹娘，圆圆的小脸上挂着灿烂的笑容。

班头把狄公的马牵到门前。狄公纵身上马，这才突然意识到自己的风湿病已然好了。

更夫的梆声响起，此时已是午夜，街市上响起噼里啪啦的鞭炮声。狄公一边催马前行，一边在马鞍上回身喊道：

"新年吉祥!"

他不确定站在门口的那一家人是否听见了自己的话。那些已不重要了。